CAO TANG

有温度有质感的大唐风骨
有颜面有尊严的当代诗歌

顾　　问	吉狄马加

主　　任	梁　平　杨晓阳
副 主 任	张新泉　李　怡
编　　委	尚仲敏　姜　明　陈海泉
	赵晓梦　凸　凹　彭　毅
	李明政　千　野　李龙炳

主　编	梁　平
执行主编	熊　焱

副 主 编	李海洲（特邀）
编辑部主任	桑　眉
美术总监	宋　旱
责任编辑	黄　舜　蔡　曦
发稿编辑	吴小虫　林　栖　舒　展
责任校对	蓝　海　安　素

出版发行　四川文艺出版社（成都市锦江区三色路238号）
网　　址　www.scwys.com
电　　话　028-86361802（发行部）028-86361787（编辑部）
邮购地址　成都市锦江区三色路238号新华之星大厦A栋26F　610023
印　　刷　成都博瑞印务有限公司
成品尺寸　185mm×260mm　　　开　本　16开
印　　张　6.5　　　　　　　　字　数　160千
版　　次　2023年05月第一版　印　次　2023年05月第一次印刷
书　　号　ISBN 978-7-5411-6628-0
定　　价　15.00元

投稿／联系邮箱：ctsk2016@126.com
电话：028-61352760/86640163
地址：成都市锦江区书院西街1号亚太大厦7楼草堂诗刊社

图书在版编目（CIP）数据

草堂．第81卷／梁平主编．－－成都：四川文艺出版社，2023.5
　ISBN 978-7-5411-6628-0

Ⅰ．①草…Ⅱ．①梁…Ⅲ．①诗集－中国－当代Ⅳ．①I227

中国国家版本馆CIP数据核字(2023)第061824号

Contents
目 录

2023-05（总第 81 卷）

[首座]_4
于 坚_以灿烂召唤四野（组诗）
黑 陶_星空和梦的古老深处（组诗）
津 渡_繁星流泻未尽（组诗）
黄 梵_身体之叹（组诗）

[青年诗人6家]_22
蒋 在_前面已经没有什么了
彭 杰_幻象学（组诗）
安乔子_美好的事物都在镜中（组诗）
弦 河_你捡到我的壳了吗（组诗）
范丹花_云的瀑布正在低处形成（组诗）
李若行_细雨（组诗）
·点评·
左存文_个体经验、阅读视野与诗性直觉

[非常现实]_39
张抱岩_我需要这旷古的安静（组诗）
叶燕兰_被时间胶囊选中的人（组诗）
鲁 橹_北漂记（组诗）
盛丽春_我还有钉子隐隐的疼（组诗）

[世纪访谈]_50
　　大 解 vs 聂 权_
　　大解：我的精神坐标在人类的序列中

[大雅堂]_61
　　叶德庆_被时间丢失的（三首）
　　陆 健_就当是远方（三首）
　　思不群_寂静笔记（组诗）
　　马 拉_日常集（组诗）
　　郭建强_忍不住，就再喊一声（外一首）
　　涂 拥_过古楠白鹭地（外一首）
　　孙 梧_深秋书（三首）
　　王国平_邛辞（组诗）
　　吴 维_书院民宿即景（外一首）
　　沙冒智化_甘南（外一首）
　　游天杰_山居（外一首）
　　草川人_野花开了（外一首）
　　戴长伸_在C6657次车上（外一首）
　　廖志理_纸歌（三首）
　　云垛垛_不描述爱情时（外一首）
　　阮化文_闪电点灯（组诗）
　　阮 洁_劳动的人最美（外一首）
　　黄 勇_飞驰的星（外一首）

　　何志平_穿透身体的河流
　　杨 乐_乡念
　　亚 楠_在高空飞翔（外一首）
　　其 然_春燕（外一首）
　　邓德舜_青川木牍（外一首）

[国际视野]_79
　　S·斯蒂芬妮　　朱莉娅·温德尔
　　理查德·马丁　　理查德·布莱文斯
　　彼得·基德　　　P·J·拉斯卡
　　威廉·凯米特
　　（陈晓园 王园 叶提/译）

[诗人档案]_92
　　刘立云_刘立云的诗
　　刘立云_诗歌喷涌的日子（随笔）
　　刘立云_老照片

[子美逸风]_101
　　陈志成　李永康　孟大川

首座

首座 _ Cao Tang

于坚
YU JIAN

于坚，字之白。20世纪70年代初开始写作，著有诗集、文集五十余种。曾获"华语文学传媒大奖"年度杰出作家奖、鲁迅文学奖、朱自清散文奖、中国台湾《联合报》第十四届新诗奖和《创世纪》四十年诗歌奖等奖项。诗作入选比利时拉娜出版社出版的《二十世纪最优美的诗三百首》、德语版诗选集《0档案》获德国亚非拉文学作品推广协会主办的"感受世界"（Weltempfänger）- 亚非拉优秀文学作品评选第一名、诗集《被暗示的玫瑰》入围法国2016年发现者诗歌奖。英译诗集《便条集》入围2011年度美国BTBA最佳图书翻译奖、《哀滇池》获俄克拉荷马大学《今日世界文学》2021年度大学生翻译奖。长诗《飞行》由法国伽利玛出版社出版、长诗《档案》选入美国诺顿出版社出版的《中国现代文学大红宝书》。系列摄影作品获《美国国家地理杂志》华夏摄影奖、纪录片《碧色车站》入围阿姆斯特丹国际纪录片银狼奖单元（2004）。

以灿烂召唤四野（组诗）

◎于 坚

[火 车]

一列火车在星空下高速穿过人世间
冰凉的郊区突然温暖　子夜的神秘出行
并非彗星的特别行动　移动着的灯光之家
满载陌生人　他们在车厢中坐着　彼此依靠
说着闲话　喝着什么　望着什么　自得其乐
仿佛这是一种使命　不必认识他们　不必
讨好他们　不必加入他们　不必同床共枕
不必度日如年　四海之内皆兄弟也　或
只是些邪恶念头　将要去下一站徒劳地散布
扳道工站在栏杆后面　吹着一只乌鸦的哨子
火车穿过大地　夜晚依次收回了山冈　田野
废墟　仓库　酒坊　营地　那些悲伤之书
一只看家狗在疾风中吠起来

[墓 地]

茂盛的夏天　墓地也跟着植物
热闹　那些雨后的蘑菇　那些
丁香花　牵牛花　红玫瑰　白玫瑰
月季　那棵疯狂的石榴树　正翻过
矮墙　去投奔钻石　如此生机勃勃
如此不计后果而美丽　如此仓促
如舞蹈团的脚步　令我们忘记死亡
只是换了面具　依然近在咫尺
不会妥协的速度　正在离开伪善的
花园　戛然而止将在阳光灿烂的午后

[题银杏文学社旧照]

这幅照片摄于……
……一九八四年七月七日
"七月七日长生殿
夜半无人私语时"①
这时间的遗址　这废墟里的残片
肝胆相照　欢聚如鹰的一瞬
令我悲伤　三十九年过去
有人死了　没有尖叫　有人失踪于
灰　有人动过手术　有人在医院等着
头上悬着黄色吊瓶　有人成了官员
在红色地毯上漫步　有人嫁给了老外
憔悴于一门外语中　有人在花园里老去
孙女在飞机上　房间荒凉　有人醉后
裤袋里别着空酒瓶　此刻
正沿着秋天的大街往山下走
第一排是姑娘们　个个绰约丰姿
第三排是男生　个个壮志凌云
"西游咸阳中　赵李相经过"②
每个人戴着一只手表
我在第二排右数第三　而后来
与我相依为命的　并不在其中

①：白居易诗句。　②：阮籍诗句。

[壁 画]
——在希腊参加特里特岛首届国际诗歌节

那个晴天我们来到了希腊　克里特岛　玛蒂亚
小镇　刷着白石灰　作家卡赞札基（已故）的
故乡　葡萄和橄榄一串串挂在山冈　有时与星星
碰撞　跟着他的邻居去了地下酒窖　喝红色的酒
透明的水　敲开神秘的核桃　他哥哥是渔夫
妹妹是会计师　弟弟踢足球　挂着勺子和瓢的墙
木椅　老妈妈　父亲在黑暗处叼着烟斗　大家
在长桌对坐　会饮　衣着简便　灰色短裤
圆领衫刚刚在风中干透　水壶和花朵　苹果
胡椒　盐巴　鱼　奶酪是淡黄色的　羊腿热气腾腾
炉子里烤着十三个面包　接下来还要烤土豆　胖子
嫫嫫端来了红烧肉丸　这里出生过七个诗人　佚名
农夫不计其数　谈兴正浓　说起腓尼基的文字
说起它藏在大船上的金子和奴隶　说着男女关系
一个永恒的话题　男人的胡子下面藏着剑　坐在
首席的荷马无视一切　他眼睛最好　看得见我们
看不见的　诗歌节干事慧眼识珠　任命他为我们的
主席　文人从此不再相轻　女诗人不担心她们的
乳房被流氓掠走　唱爱情之歌　抱着矮个子叔叔
跳舞　多情的人们呵　随时准备叛变　一只猫
从桌布下冒出来　猝不及防就叼走了谁的骨头
酿酒师是一个叫柏拉图的人　年轻的勾引家
手臂被日神涂成了古铜色　亚里士多德是黑头发
苏格拉底少年秃顶　他喜欢的食物是腌橄榄
坐在楼梯口哭泣的是狄俄尼索斯　一个紫色的
失败者　像阮籍　海伦是个斯巴达人　要得到
她的青睐　得身体强壮　激情似箭　错了　她
爱的不是特洛伊王子　永远爱着夜　爱着波浪
夜晚在天空下发光　大海坐在岛上洗着它的
银裤子　我们决定饮酒之后再喝水　唱歌
念诗　再次跳舞　跟着月光　水草　章鱼　海豚
峭石　在黑暗里游泳的海妖　直到天光大亮
也许要延续到正午　直到心照不宣　肝胆相照
告密的话　老底有的是　无关宏旨　后来在
米诺斯王宫1500年前的彩色壁画上
（一座出土的废墟）　我发现这一天早已存在

[壬寅冬再访玉龙雪山有感]

山顶秃了　真相毕现　群峰之肋骨呈现为铁
灰色　积雪已成残疾　不久于世　马尾松下
有一堆老迈针叶　失去玉龙庇护　精神贫瘠
高尚不再生长　过去　原住民不会暴殄天物
反对破坏　造孽　他们敬畏　赞美　尊重
感激这土地　这地点　道法自然　实事求是
歌手率部投诚大地之神　它叫做束　崇拜劳动
推崇朴素　建造房屋　寺院　苹果园　核桃树
蜂蜜　诗章　歌曲　流水淙淙　金沙江摹仿
万鼓鸣击　在巨峡下面　黄牛和白牛自天而降
四季花朵芬芳　山鹰转世为蝶　苍天下　村庄
和祖母低着头　远人托着盐巴和茶叶到来　水井
星夜　腊肉　火塘　为黑与白殉情的少妇　千年
香火不断　知足常乐　戴羽冠的巫师一代又一代
跳舞　谨小慎微　修辞以辩吉凶　获得立足之地
也囤积了尊严　世上的好奇　嫉妒　争夺　庸俗
暴戾　无常……都可以容忍　无法接受这没有
时间的天空　曝晒虚无的晴朗　穷途无法再走
岩石关闭如盾　乌鸦失去黑暗在史上飞着　文字
轻浮　成为可耻的矫情者　荒凉风景　煽动着不安
阮籍说　自非王子晋　谁能常美好　忧思独伤心

[洛克]

在丽江的雪嵩村
从前　洛克住过的院子里
保镖后代在阳光中锯木
祖父曾扛枪带他去狩猎
采集标本　岩石的龙展开冬天
"小村子　雪山主峰扇子般陡峭
犹如保护神"　植物学广泛而虔诚
世界观因感恩而渐趋深邃
越过了《圣经》　黑暗也是美好的
不仅光　大地也是天堂　不仅天堂
那时诗人庞德还关在比萨　囚中
将他发表的好看报道　分行为诗章
永远后悔死于夏威夷医院而不是
玉龙雪山的杜鹃花丛　去世多年
梦里常常回来冲洗胶片　顺便
为木匠出力　与狗的后代谈几句
坐在村头晒太阳的摩梭老嬷有时
记起这位表情严肃的白人　有一天
被东巴的祭祀吓坏了　脱掉西装
加入了土著人的跳舞行列　喜极
而泣　胖子　不怕冷　爱骑马
也喜欢酥油茶和丽江粑粑

·创作谈·

蓝调式的长短句

最初,语言还不是诗,诗是语言的升华。开始的语言说有,诗说无。老子云:"道可道,非常道;名可名,非常名。无名天地之始,有名万物之母。故常无欲以观其妙,常有欲以观其徼。此两者同出而异名,同谓之玄,玄之又玄,众妙之门。""道可道,非常道",老子讲的这种非常道就是诗之道。"以观其徼",徼,抄也。《广韵》抄,就是道法自然。

语言是一种自然万物的转喻。庄子:"以指喻指之非指,不若以非指喻指之非指也;以马喻马之非马,不若以非马喻马之非马也。天地一指也;万物一马也。"这就是语言。语言就是"非马喻马之非马也"。子曰:不学诗,无以言。孔子所谓的诗,就是语言。诗是一种语言。语言的本能是实用的、工具性的,企图确定、能指一切。诗是对这种工具性本能的超越、升华,语言中的语言。诗在所指的向度上开辟了语言的不确定。诗是一种自由、一种解放。

在古诗中,语言通过韵律被雅正。雅将语言的工具性升华为诗性,有无相生,文明以远。但是雅驯过度,语言又堕落回工具。新诗将语言从过度的雅驯解放出来。诗重新成为一种解放,将人从语言的工具性本能中解放出来,以实现人的"诗意地栖居在大地上"(海德格尔)。

我在二十年前提出诗言体。诗是一种身体语言。身体语言对公共话语的超越,去蔽。新诗(自由诗)乃是语言的最后一次解放,为此,语言不再有任何束缚。新诗是宋代长短句的再次解放,韵律成为一种个人生命的呼吸,私人韵律。我曾经称为语感。

新诗有点像蓝调,这种长短句来自个人的语感、分行的即兴性。其合法性是重新回到孔子讲的那个诗:"小子何莫学夫诗。诗,可以兴,可以观,可以群,可以怨。迩之事父,远之事君;多识于鸟兽草木之名。"而不是平仄的僵硬规定。

黑 陶
HEI TAO

黑陶，1968 年出生于中国南方陶都——江苏宜兴丁蜀镇。母亲是农民，父亲是烧陶工人。1990 年毕业于苏州大学中文系。个人主要作品有散文集《泥与焰：南方笔记》《烧制汉语》《百千万亿册书》，诗集《寂火》《在阁楼独听万物密语》等。

星空和梦的古老深处(组诗)

◎黑 陶

[雕花工程]

南方,人类头顶
这面精致、繁复的浩大星空
是那名清癯的民间匠人
终其一生
尚未完成的伟大雕花工程

[新木锅盖和女孩]

沿青石板的台阶下去
一直走到
昨天和明天的清澈溪边

那个男子刚刚洗刷干净的新木锅盖
是青白色的
在溪水被搅出的涟漪旁边
仍然散发
植物汁液的浓烈味道

上学的红衣女孩
她独自的身影后面
悄悄跟着,薄雾的春天

[昨夜深雪里]

昨夜深雪里
一长枝
含苞的红梅
斜斜生长在青黑色的明代古宅中

含苞的红梅
它迸绽的力量
就要叫醒
全部南方的冬日黎明

[新 绿]

青山间细细密密的白亮雨丝
织就一件又一件古老蓑衣

迎面而过的农人,披戴这样的蓑衣
在二月慢慢苏醒的山野中,移赶耕牛

我经过的数不清旧房子的墙上
写满了梦呓,祖先持续未歇的梦呓

天地,在无边的静默中
开始它们又一轮磅礴的运转

那尊倒卧的、残破石狮子旁边
一茎长长的、刚刚抽发的嫩叶,绿得让我心惊

[动 静]

肥硕的蜜蜂
趴来花上采蜜

整朵菜花，整个童年
颤动不停

皎洁的月亮
浸入溪中潜游
有参差房子的整座乡镇
随之，晃漾不止

[祖先容像]

城外江水中
缓缓显示给我的一轮暗红月亮
就是古徽州府
陈旧却依然新鲜的
祖先容像

[黄金瀑流]

黄金的稻谷，黄金的秋天
在南方的国度里呼啸、流泻
稻谷和秋天，这黄金的瀑流
与黎明前的暗黑激烈摩擦
天地的古老之瓮内
梦中人的叫喊，连同火的农业礼花
交替着，向我炫耀、倾诉

[星空和梦的古老深处]

冬夜是发黄的卷册
在乡镇土地庙微红的烛火中
人世，微微摇动

屋顶的弯月
那把
被井水磨洗得耀眼的细细镰刀
吐露金黄微光

像缸瓮里密实陈旧的稻谷
我们蜷缩着身子，又一次进入
星空和梦的古老深处

在斑驳暗红旧匾的注视中
散在刚醒的
镇子蓝色溪水的上空

[燕，或瓦]

亿万只灰黑的燕子，由秋入冬
就这样静静安眠在人类贫瘠的屋顶

亿万只灰黑的燕子
要等待第一缕春光的唤醒
才重新呢喃、飞翔

[星夜，作为语言系统]

星夜，是特殊的东方语言系统
群星，这无尽的颗颗汉字
它们深蓝的光芒，年复一年
照耀我，赐我能量
与我进行从童年就开始的秘密交流

[宇宙重心]

这方础石，圆形、莲瓣精美的孤独础石
与我相遇。它亿万钧的内聚分量
压住了晨雾中冉冉升浮的马头墙乡镇
压住了远古以来就有奔腾之念的起伏青山
被弃置的、莲瓣精美的这方础石
自古至今，一直镇定、沉默
它僻居这隅，它是我发现并感受到的宇宙重心

·创作谈·

用幻象抵近南方深处

诗歌是象的艺术。诗歌中的象，概括言之，可以分成两大类：一类是实象，一类是幻象。

实象，就是日常生活中存在的意象、画面；幻象，就是日常生活中不存在的，用文字创造出来的意象、画面。如果将幻象细分一下，它包括幻视、幻听、幻嗅、幻味、幻触、幻感等数种。

伟大的前辈庄子，在他的《逍遥游》中，为我们呈现了经典的幻象：

"北冥有鱼，其名为鲲。鲲之大，不知其几千里也。化而为鸟，其名为鹏。鹏之背，不知其几千里也；怒而飞，其翼若垂天之云。是鸟也，海运则将徙于南冥。南冥者，天池也……鹏之徙于南冥也，水击三千里，抟扶摇而上者九万里。"

鲲鹏转化、大鹏怒飞的意象，都是我们日常所看不到的幻象，但一经文字创造，却能给我们深深的感染和真实的临场感。

我以为，诗人的天职之一，就是用自己的民族语言，创造属于个人的幻象。诗人创造幻象，这是语言神性之体现，也是诗人神性之体现。

如何想象、构建我们的幻象？个人认为，幻象来源于现实，来源于诗人的爱和感动。

在现实基础上，内心的爱和感动，具有强烈的生成幻象的触发力。在这组诗中，繁复浩大的星空，是一名匠人一生未尽的"雕花工程"；一轮安徽歙县练江中的暗红月亮，渐变为徽州人家中陈旧又新鲜的祖先容像；一方被遗弃的孤独础石，是我发现的"宇宙重心"……所有这些幻象、幻感，都来自于我亲历的现实，来自于我内心对它们的爱和感动。

我的这种幻象观并不孤独。在阅读中，我遭逢过一个异国知音。19世纪的法国诗人兰波自述："我认为应该成为幻觉者，使自己具有幻觉的本领"；"我千方百计地使自己成为幻觉者"。他以此标准，评判着周围的重要诗人：拉马丁"有时是幻觉者，但却被古老的形式捆死了"；雨果"过于固执，但在他晚年的著作里仍然表现出幻觉的才能……"；波德莱尔"是第一流的幻觉者，诗人之王"（以上引文均见1871年5月15日兰波致保尔·德梅尼信）。兰波的这些话，让我感觉我们的手超越时空握在了一起。

通过幻象，我得以抵近个人文学南方的深处，抵近某种本质的真实，抵近神秘的诗歌之美。这貌似悖论，我却深信不疑。

津 渡
JIN DU

津渡，本名周启航，湖北天门人，现居上海。著有诗集《山隅集》《穿过沼泽地》《湖山里》，童诗集《大象花园》，散文集《鸟的光阴》《草木有心》等。作品曾入选"深圳读书月年度十大好诗"。2009年参加第25届青春诗会。曾获"徐志摩诗歌奖"、浙江省优秀作品奖、《安徽文学》诗歌奖、中国赤壁杯《诗收获》季度诗歌奖等奖项。

繁星流泻未尽（组诗）

◎津 渡

[公 园]

果子在枝条上越来越瘦
婴儿越来越肥
扫树叶的人在蚂蚁洞口，点燃了一堆篝火
一个侧身盖着报纸睡觉的流浪汉
更加贴近报纸中缝的讣告
两个迟迟不愿回家的老人，转悠着
他们想再看一看大地上，冷漠的余晖

[林 木]

一棵树挨着一棵树，一棵树挨着另一棵树
像一群盲人站着，伸出手臂
摩挲着对方，附耳低语
有时候，也许会是另一种情况
需要更加耐心地辨认，抚慰
即便它们相距遥远，也能从转动的日晷与阴影中
感知彼此的存在

[时 光]

一整天都为雨所困，眼前掀不尽的重重帘幕
厨下的土豆生了芽
百里之外，最后一次台风即将来临
无所谓的庸常
我幻想一匹白马，不用学会敲门，踏过苔阶
铃声叮当地走进来
站在台灯底座，伸长脖子吞吃火焰

[清 晨]

繁星流泻未尽
山峦与无限的葱茏，已经就着曙色书写
宇宙在某一时刻创造的圣迹
被我的眼睛重新创造

这溪水、鸟鸣，苍蝇薄翅上掸去的露水
崖壁间苔痕的绿火，浮漾的微风
初生的叶芽在清晨缝合的寂静
丰富得令人惊讶，但不承担任何意义

四十三年过去了
我仍然会为生命的馈赠激动莫名
就像一朵云偶然停经山谷
千百枝木香花头攒动,颤抖着回应

[苔 藓]

我多么想领养那片苔藓
到河滩上采石的人,铁锹砍下的那道白印子
深深地留在我心里
那曾是花头垂下来的绿毯,夏日里
龟之腹的憩息所
我的整个荒芜的人生,都需要那片绿、清凉的抚慰

[寄 居]

窗台下的甘蓝,心窝里顶着一堆沸水
篱墙上的瓦罐里
有半角凉月亮
牛羊,猪啊,鸡啊,它们的灵魂
在干草堆与木栏间安息
灯光从墙缝里缩回去
一对老夫妻迟迟没有入睡,他们说起明天
要收菜、杀鸡,赶集,买回两袋水泥和一只风筝

[凉水河]
——致高岭

名字符合心意。
对于整夜沸腾,清早平息的蛙鸣
对于黎明前的闪耀,漫天繁星的消逝
对一季愤怒开放的花朵和一夕散尽的烟花来说
都是如此。

种种隐喻冲刷倒伏的水草,河面上的伤口
拉得更长更深。
当大鱼深陷在泥沼之中,用松木桩子上的树皮
和煤渣磨砺牙齿,喋喋不休的布谷鸟
却在岩浆冷却的废墟上回应。
但那不是全部。

河水的下方,还有一条暗河
日子下方,也有一条暗河
有时候,它们恰好在掌纹下交集。
在深处,河水从来都是冰凉的
这才是命运。

[房 子]

每天夜里,我都无法安静
我的房子里
绝不是一个人,闭着眼睛
我也能看到泥瓦工在墙壁上粉刷
木工们在赶制柜子
或者椅子,我的鞋子
皮匠们鞣着皮硝,钉着扣眼
那些衣服,总有裁缝们
拿着皮尺和粉笔
他们静静地裁切开来,又仔细地缝合
夜里,甚至每一本书籍
里面都趴着一个写作的人
……房子拥挤,挤满了人影
我打开灯来
电工们突然消失,管道工
顺着弯曲的水管走远
只有一个人,拿着一把网子
把时钟的滴答声
还在不停地捞起来,又漏下去
但是我看不到他
我想了很久,记不起来我在哪里
我都干了些什么

· 创作谈 ·

尽力地做到"区别"

今年是我进行诗歌创作的第三十个年头。想一想,感慨良多。我从来没想过我会这样一直坚持下来。在我的印象里,很多曾经为诗"狂热"的朋友都"消失"了,尤其是一些曾经写出过令人"拍案惊奇"的作品的诗歌同道,他们的"离场"多少令我感到"诧异"和"惋惜"。我自认为自己的诗歌天赋并不高,但也有那么一点天赋吧,青年时代因为阅读废名的诗歌而爱上诗歌,继而尝试创作诗歌。我对自己的创作从来没有寄予太高的期望,所以也无所谓失望和绝望,也许就是这种纯粹的热爱,才使我把这份"爱好"坚持了下来。

年轻时,我会尽可能地阅读,去学习,冲着这个劲头,我几乎把灵石岛网站的所有外国诗人译作和诗生活网站上的每个专栏诗人都研读过一遍。时至今日,我依然有一个很好的"胃口"去尽可能阅读更多的诗人,这样的习惯带给了我无尽的诗歌感受,也教给我诸多的"技艺",依然维系着我的"诗歌创作冲动",但最重要的是我要努力避免去"像谁",我花费的最大精力是如何去从众多的诗人中间"区分"出来,我要尽力地做到"区别"。我写我自己的。

我的诗歌创作并不拘泥于某种"区别"而刻意去维系自己所谓的"风格"与"面貌",我对自己相对"宽容",我写得非常自由,我认为形式和内容互为表里,我所表达的内容,取决于如何更好地去呈现,随之采取与之相适的形式,所以我的诗歌形制往往不尽相同。事实上,我与自己早期的诗歌面目已大不相同。在写作的前十年,我多少有些沉溺于"技艺",但那之后,我认为"那点东西"早就不重要了,或许它还在,只不过不那么明显而已,但我早就不承认自己是"手艺人"了。我年轻时想,我要自由地写,自由地表达,到了五十岁,我肯定能"百川归海","水到渠成","风格"也就大成了。这真是可笑。今年我五十岁了,我觉得诗歌给我带来的,依然具有"无限的可能性"。我在写就行了,我对自己的写作一如既往地"从容"。

黄 梵
HUANG FAN

黄梵,生于1963年,湖北黄冈人。已出版《第十一诫》《浮色》《南京哀歌》《月亮已失眠》《等待青春消失》《女校先生》《中国走徒》《一寸师》等;部分作品被译成英、德、意、希腊、韩、法、日、波斯、罗马尼亚、西班牙等语种。曾获《作家》金短篇小说奖、中国好诗歌奖提名奖、紫金山文学奖、金陵文学奖、北京文学奖、《芳草》汉语双年诗歌十佳奖、《后天》双年度文化艺术奖等。曾受邀参加珠江国际诗会、青海湖国际诗歌节、多伦多国际文学节、澳门文学节等。

身体之叹（组诗）

◎黄梵

[双 眼]

两只眼睛，只能靠镜子看见对方
看见对方的眼里，都有荒凉
等它们揣摩完，山是站着还是跪着
夜里就闭眼，把梦分成左眼一半，右眼一半

有时，已经报废的绿皮车
载着过去的贫穷，会在闭关的左眼出现
有时，橱窗里的登山鞋
带着华山游的冒险，会在微醺的右眼停留

当它们看出，美人的双眸留情
它们不忍心把爱一分为二
情愿把蜜语，让给舌头独占
直到某天，美人离去
它们才抢着，瓜分伤痛的泪水

两只眼睛，越来越看不清世界
老花、闪光、近视，是在帮谁遗忘？
偏偏我配了三副眼镜，才看清
祖祖辈辈传下来的无奈

只要有人叫我，匆匆一瞥
也是两眼合奏的致意

[双 肩]

小时，大人都偏爱我的右肩
搭在右肩的手，用来加重说话的语气
后来，哥们也偏爱我的右肩
他们用手搭在右肩，等我没有套话的时刻

右肩从小就承受书包的宏愿
承受生活的担子
它给左肩留下空闲，去爱幻想
再和左肩一起享受双肩包的远游

有时，爱人会选择将头
放左肩还是右肩
枕的肩不同，做的梦兴许也不同
黎明也不同

只有声音，能给双肩带来公平
当雷声把春天作为靶子，双肩一样无畏
当泣声把重逢视作命运，双肩一样分担
当欢声长出利齿，双肩一样不动声色
承受城市上空的群星，一盏一盏熄灭

[双手]

左手和右手,有相互触摸的甜蜜
也有相互躲开的厌倦
就算沮丧,也不让对方听见自己叹气
就算向往更好的伴侣
仍要和对方一同醒来

它们都相信对方有一颗心
里面装满不切实际的梦境
当它们合作,翻开一本书
都明白自己是在装样
却以为,对方在用手摸着盲文

当右手敲打着什么,左手想听出
对方正遭遇多大的失败
里面有没有小时家人用方言抱怨的贫穷
当左手抚摸着什么,右手充满约会的想象
为了目睹,它徒劳地寻找自己的眼睛

当右手给读者签名,左手猜测
那是一场瑜伽表演
要是它松手,右手的表演就会失败
终于,它克服了妒忌心
故意把表演的沙沙声,听成对合作的赞美声

[双膝]

双膝的宏愿,是——
体重能不能轻点、更轻点?
那压向双膝的重量
有多少来自地球的苦难?

幻想用钱买下春天的中年
不在乎双膝在用响声提醒——
人终要还债。吃得多
非分的杂念也多

直到从心所欲之年,双膝
把长途旅行,变成小区溜达
把登高望远,变成望山兴叹

懊悔时已晚
就算左膝和右膝的疼
有所不同,疼也一寸寸造出笼子
把晚年囚禁在家里

[双脚]

夜里,它们是头挨头入眠的夫妻
白天,鞋子把它们的爱情分开
双脚无法说给对方的话
鞋子用高高低低的踩踏声代言

它们常在岔路口,陷入迷茫
向左还是向右,才是双脚最大的苦恼
有时,左边是笑不出来的寒林
右边是喧闹的停车场
似乎往哪边,都再难走远

脚只是快递员,尽快把人从生送到死?
人忘神时,脚才作主——
像一辆游览车,载着无所事事的游客
去和风景重逢
让人承认,脚比人更知道哪里路多

有时,双脚整天呆在屋里
沉迷于不分左右的安宁
它们巴望有一条路,不管左还是右
就算迷路,也能让人回家

·创作谈·

退向古典的先锋

萨义德在《论晚期风格》里,谈到一些文艺家晚期的不合时宜,超越可接受的常规之物,他将之视为不和解的形式。比如他说"巴赫的核心是不合时宜,是把过时的对位法技术同一种现代的理性主题结合起来",同时他引用阿多诺的话,说巴赫"作为过时的复调音乐作曲家,拒绝顺从时代的趋势(如在莫扎特那里的愉悦或潇洒风格),他自己塑造了一种趋势……在主观性本身成为根源的一致整体中,把主题释放给客观性"。萨义德揭示了巴赫技巧的真正核心:矛盾。巴赫以这矛盾中的客观性,超越了他身处时代的巴洛克趋势。我愿意添上萨义德没有提及的晚年歌德,作为这类晚期风格的例证。歌德一样没有持续顺从浪漫主义的主观夸饰,他晚年难以置信地退向古典,借用古典艺术的客观特性,来制衡浪漫的主观性,以落伍的方式来摆脱"当代趋势",去创造自己的趋势,达到阿多诺所说的"最内在的真理"……

我自己的写作,也经历了类似的转变,二十世纪九十年代中期前,达到了主观性的峰顶,以奇崛为要。之后,我对平淡事物的关注,令我朝主观狂想,注入了题材的现实性,描述的客观性,它们彼此的交相融汇,令作品远离了当代的一些时髦趋势。比如,我写的一些物道诗或物体诗,乍一读来,让人以为是落伍的咏物诗,实则咏物只是形式,借用物体的客观特性,来制衡意象中的主观狂想,容下物道主义揭示的幽暗,与古时咏物诗借魂的人道,不是一码事。我曾撰文说过,新诗正处在它的六朝期或初唐期,"当代趋势"里,有太多摆弄过度的主观、自我,少有人在乎事物的客观特性。当代诗里有太多的酒气,揭示出这是一个诗的酒神时代,没有得到多少日神的眷顾。我以为,来自日神的克制,或酒神的嚣张,不只是圆满技巧的呼求,不只是希腊悲剧的流传机制,也是人性深处半主观半客观的悖论需求,是人调节自己与环境关系的古今秘诀。甚至可以说,是一扇通向真知灼见的门扉。人只有在恰当维护自己的时刻——既不是过度维护,那样就成了一味的自我辩护,也不是放弃维护,那样就成了彻底屈服——想象的事物才不会操之过急,才会既任性、嚣张,又看着客观特性的眼色行事。

青年诗人6家

蒋　在_前面已经没有什么了

彭　杰_幻象学（组诗）

安乔子_美好的事物都在镜中（组诗）

弦　河_你捡到我的壳了吗（组诗）

范丹花_云的瀑布正在低处形成（组诗）

李若行_细雨（组诗）

前面已经没有什么了

◎蒋 在

【作者简介】蒋在，英美文学硕士。出版诗集《又一个春天》《飞往温哥华》；著有小说集《街区那头》（作家出版社）。曾获《山花》年度小说新人奖，第三届钟山之星文学奖，曾获 2016 年牛津大学罗德学者提名。

I.

你知道前面
已经没有再值得期待的事物了
过去的经验
令你懂得了某些规律和秩序
你摸索出日光何时变化
湿度如何增加　叶片又如何卷曲

你懂得不再揭穿谎言
不去探索事物里的真

你不去看
不再观察那些曾经令你痴迷的画作
不再注视博物馆中
一双双藏在染料里的眼睛
不论这些目光曾经如何令你百般动容

你不关心艺术家
如何唤起天体与物理
研究时空里的斗转星移
又如何像你那样
在某处与它们孤独地对饮

你不想再知道
——像你年轻时那样
渴望它们细部的程式
了解它们其中精确的算法
这早已超越了
你内部世界的大小

II.

炙热的大地上
时间与你
一前一后地走着
在你衰弱的视力中
你不想再知道
时间如何在这块凹面里溃散
这是怎样的对弈
让诞生和熄灭变得忽明忽暗

在它的布局里
空间里充满着滴滴答答的回音
轻轻拍打在你的身上
仿佛在用你的胸脯做鼓
鼓点汇聚成针
一点一点扎进肉里
这些年
痛得让你几乎不能忍
你知道
黑洞终将会吞噬物体
然后吞噬你
死亡使得这些痛变得纤细

你不该在意
宇宙都有边界
生命怎么会没有

III.

你小心翼翼地浇灌鲜花
将花盆抬起
检查底部渗水的情况
你一点点剪掉枯萎的枝丫
还有水培植物生苔的根部
你严格记录浇水的次数
如同这一生
你记录过的许许多多另外的次数

过去的这些已被你所不齿
你刻意去忘记
你究竟多少次踏入过陆地的阴湿处
那些将脚放入的瞬间
此种冰凉如何令你动心

又或者
你如何刻意接近浮华和虚伪的表象
又以何种姿态为它们
俯身以及侧目

这些你没有办法交代的事情
你闭口不提

IV.

你开始重拾一些早年被你遗弃的事物
买回一些曾经丢失了的书
重新坐回沙发上逐字逐句地勾画
抚摸从复印机上取下来
还没有凉透的纸
这是你此刻唯一可以抓得住的东西了

你研究家里的植物如何才能变得
硕大而饱满
稻穗如何变得挺拔
研究这些推动茎叶纹理
与溶洞形成的力
与让你渐渐老去的力
是否息息相关

你知道前面
已经没有可以再值得期待的事物了

V.

你终于回到了你所背弃的土地
和你曾经疏离过的朋友们
坐在了一起
你谈论过去的旅程
你如何离开过他们
现在又如何回来
海浪如何击打岩石
太阳如何升起
天空总和过去一样
像一张拉开来的
长满苔藓的弓
你低下头
就像山谷里总有一滴水打在同一个地方——

你知道前面
已经没有再值得你期待的事物了

幻象学（组诗）

◎彭杰

【作者简介】彭杰，1999年生于安徽六安，现就读于首都师范大学中国诗歌研究中心，从事新诗写作、翻译与批评。作品发表于《人民文学》《十月》《诗刊》等。曾获"光华诗歌奖"（2018）"东荡子诗歌奖·高校奖"（2019）等。

[幻象学]

沙洲上的一对鹭鸟
像坐在公园里的一对退休夫妻。反过来比喻
同样成立。天空经由暮色降临
那些在记忆中模糊的，都将在此刻的河流中
再次远去。行走中
一路沉默的小道，缓缓降下的绿阴影
缓慢，浑浊，如穿过一场梦境
灯光下槐树幽静而广阔
就好像从没有醒来

[语言学]

时常是在梦中空旷的
教堂，目光隐忍，毫无生机地
爬满你的躯体。像午睡
醒来，纱窗上已然遍布灰棱蛾翅
微小的颤动。现在却是
在湖边的树林，湖水平静和缓
从内向外地推动。我看见树林中
沉默的肖像画，而每一份
绿意，都承担与其对等的沉默。

[林中走廊]

傍晚在回家的路上行车
他突然想知道
两边行道树外的世界是什么样子
这么多年来
他每天只行走在这条路上
再也没有去过其他地方
紧接着
他又萌生出一个想法
在公司与住宅之间的这条公路上
有工厂、学校、农田、矿场、医院、商店
以及所有自己能够想象的事物
倘若有一天树外的世界全部消失
自己的生活也依然能完全不受影响
而事实上已经是了
在我们看不到的路的外面
柏树外是杨树
杨树外是松树
这个世界
本就是一条狭窄的林中走廊。

[罗马城市]

从镜头中寻找颗粒的现实感
你骑上自行车
顺便牵走一条无人的街道
棕榈叶还在日光中沸腾
孩子们沿着滩涂
拾起一个接一个的名词
你放下阴凉般垂着你的帽檐
目光相互抚摸,直到风重新成为透明的群体
临近重要时刻,海风打着哈欠
礁石的游离,和一重灰暗的割裂
上坡路和你的脚步好像还隔着很多次闪烁

美好的事物都在镜中（组诗）

◎ 安乔子

【作者简介】安乔子，本名冯美珍，出生于1986年，广西北流人。中国作协会员，第四十一届鲁迅文学院高研班学员。有诗发表在《诗刊》《扬子江诗刊》《星星》《青年作家》。曾获诗探索·第十届红高粱诗歌奖、广西年度诗人称号。

[削铅笔]

我说可以了。而他仍然在笔刨里
转动着铅笔，把此当成一种乐趣
笔头一寸寸断裂的声音，轻微却又让人难受
他把铅笔拿出来时，笔尖锐利得
像一根锋利的针叫声
果然写第一个字时，笔尖就断了，纸被戳出一个洞
每次看孩子削铅笔，我都担心他把笔
削得越来越尖，如同我怕自己在生活里不停地转
把自己削得越来越锋利
像一根针，如此坚硬、尖锐、冰冷
把它当成了保护自己的武器，但每一次
我都难以在一枚针里找到辽阔，全身而退

[错别字]

看一本书时遇到一个错别字
这样的事不止一次遇到
多少人像我一样
沿着它的错，走向了下一页
这一生我们要遇到多少错别字
字如其人，纸上亦如人生
我们要遇到多少错的时间，错的地点
错的人和故事
似乎是偶然的出现，猜测、怀疑
不经意间充满了惊险
让我们不知不觉走在另一条路上
错，又似乎是必然
人生看似是一本完整的书
却需要用一生去容忍那些错

[我允许……]

我允许我活着的小缺陷
少量的污点
少量的罪恶感
这让我更爱大海和天空
我允许我,慢慢老去、生病、遗忘
我允许生活漏洞百出,泥沙俱下
我允许人间冷风萧瑟
暴雨吞食雷鸣
我允许春天迟到
花朵失踪
我允许在深夜
一种痛苦袭击我
像允许……停留在肉体里的一根刺
拔出它是缓慢的
也许我终不能拔出
就当这肉体缝隙里的一根杂草
我让它生长
它必定开出玫瑰

[夏日的傍晚]

大风吹着路边的草
草们在嗖嗖的凉风中伏地
天空如同一面镜子
美好的事物都在镜中,那么深
天要下雨了,我要去找母亲
我在天空的镜子里看见了她
她正弯腰在菜地里种菜
绿油油的菜地里有她那件花衣服
像一只花蝴蝶
很轻地
泊在菜地丛中
暮色深了,几只鸟从头上飞过
几粒清凉的雨落在我头上
在我的喊声中
那只花蝴蝶在暮色中起飞了
天空有星光开始闪烁

[树]

一个人对应一棵树
一棵树对应一个神
出生时,树已经在那里等我
树的名字也许是某个人的名字
痛哭时就抱住一棵树
累了就靠着一棵树坐下
树一生都在庇护树下的人
树下的人祈祷时,树在天上
树就在天上看着他
村里最大的那棵树住着最大的神
我曾躲到她的树洞里
那里刚好容得下一个人

你捡到我的壳了吗（组诗）

◎弦 河

【作者简介】弦河，本名刘明礼，仡佬族，生于1988年10月，贵州石阡人，现居杭州。中国作家协会会员，鲁迅文学院少数民族创作培训班学员，入选浙江省"新荷计划"青年作家人才库，参加《散文诗》杂志社第20届全国散文诗笔会。

[暴雨后]

喜欢这大地的，干净
清洗了的，沾惹的尘埃

球场泛着光亮，一部分水渍
长出天空的蓝，万般寂静

折射的光影里看不见
云走动的声音，篱笆，攀附的
藤蔓，持续的高温让生命低迷

这暴雨洗礼后的大地，万物生长
刚好复原，失去的斑斓

[你捡到我的壳了吗]

你捡到我的壳了吗
上面的裂纹一道道，我没有勇气说出
那是我的年轮

光阴的沟壑
喂养逃出大海的鱼

在离我们最近的海岸,要原谅
海水的浑浊
我们也是,这浑浊的一分子

你捡到我的壳了吗
柔软的部分已经逃离,我以为的囚笼
它会不会成为另一所避难所
为新的寄居者,挪空剩余的空间

[遥远的书信]

我去不了更遥远的地方了
当我在东极之岛看见
不开花的羊奶子,歪瓜裂枣的覆盆子
以及那些叫不出名的野菜,长在石缝里的百合

我的心开始空无
凌晨五点,第一缕曙光照不了背后的故乡
但总有一缕阳光会抵达
我开始重新定义,贫瘠,孤独,远方

我跨过的山峦,江河
和这满目的沧海,它们很孤独

我终于承认自己不是一条游向大海的鱼
我也终于在离故乡最遥远的地方怀念
脚下的野草,每一株都是故乡长满记忆的种子

它们多么像出走的孤勇者
在陌生的地方化成遥远的书信

[立 夏]

风吹过静谧的湖
像一双慈祥的手抚摸长好的妊娠纹

藏好的蝉从不愿大隐于市
光的履带折叠厚重的甲壳虫

从身体隐秘的部分驶向荒野
部分物件生来阴冷

啼叫止于枯枝,折断的痕迹生出陌生
而崭新的语言,移动的胚胎,孕育
不得不向世界的忏悔

云的瀑布正在低处形成（组诗）

◎ 范丹花

【作者简介】范丹花，生于1984年，江西省作协会员。作品发表于《青年文学》《星星》《十月》《草堂》《诗探索》《诗歌月刊》等。作品入选第十二届"十月诗会"。

[卡拉马佐夫兄弟：米嘉]

而人世时有荒谬。一种有力的结构
压迫着我，让追逐成为一场驳斥或谬论
混合着所有情节的意外铺排
就在深夜一匹马车向前奔去，马蹄声越来越大
它几乎就要从我的胸骨中冲出了
这剧烈声响让我也在黑暗中徘徊了很久
步伐的雾霾笼罩在书页上，从内层
陷落的暗道中，望见茫茫一片雪域
这尘世活着的人啊，也必须容忍
灵魂中住着类似米嘉的人，看他横冲直撞
眉头紧锁，想把他拉离那道翻过的墙垣
想让他站到局外，看到激烈的虚空之处
直到那匹马精疲力尽，完全停下来

[高山植物园所见]

你葬下的地方，松林
如一支绿色队伍
云的瀑布正在低处形成
秋色绵延，秋风刚刚翻过
九十九座高峰，落在
陈寅恪与唐筼的合葬之墓
没有比这更合适的地方了
生命的门廊将其雕琢与围绕
这深层的抚慰和恩养
都在大山之侧

你葬下的地方呀，秋风
永远吹不到尽头
历史似有顾盼，在这山坳
长出幽幽的瞳孔
一片秋叶
落在碑前与我的目光相遇
黄昏静止而翻涌

[致阿佛洛狄忒]

你是得到金苹果的那个人。由你的
决策开始，引发了一场覆灭，也许这
一切始料未及，我们努力争取的事物
都在遥远的精神之外。它在
什么时候被选择所驻扎，又在僵持中
成为浩大无边的海，我知道
在这之后再也没有一座城会像
特洛伊那样固守。阿佛洛狄忒啊
你想给予的是爱情，可它却成为战争
（"也许爱情就是一场无望的战争"）
初衷会改变，像世人所传颂的那样
我们各自掌管着，一种伟业
我幻想大海最深处，波塞冬
手持风卷，站在了我们的对立面
为了那种不可获得的果实
我们必须把那些空心船再次驶向岸边
尽管没有十年，还是要试一试
那竭尽全力后的所得，哪怕终无所获

[选 择]

奥德修斯没有留在奥古吉埃岛上
和神女卡吕普索在一起
做不死的仙神，他用了二十年
回到了自己的家园。

悉达多放弃了沙门的求学之旅
回到俗尘，经历了辉煌与堕落
终于成为佛陀，这个过程
他也用了二十年。

显然，每个人的心都有一道闸门
当我迷失时，神就站在门口，对我说：
"你认为是对的，继续做下去，那就
还是对的。"

我为此而忍耐。也许。用不了那么久
我就能找到另一种出口
我常常为这隐蔽的决定而感到快慰。

细雨（组诗）

◎李若行

【作者简介】李若行，生于1990年，曾在《四川文学》发表小说，编剧作品浸没式戏剧《以希娜》曾在重庆公演。

[板栗树]

爱我的板栗树
送给我翠绿的微风
我远远地依赖着你

光那样不够，板栗树
我想把你缝进我的木屋
我们之间只有幸福的沉默

不过，我的二十年
是一片逐渐收缩的星空
而你的，是刚开始延伸的金色

再也没有这样一棵板栗树
我褐色的心留在了爱人身旁
它四分五裂，藏在无数刺的下面

[拧]

今年，你没有陪我
从枣子岚垭走到人和街
买一些橘子

但我已经
在一座年长的山城那里
获得了
某种新鲜的不完整

顺着陡坡一路向下
一些回忆、一些疑问
很早以前我就想
抛给今天的脚步声

于是，不知不觉中
我已围着大礼堂
走了一圈又一圈

像是要拧松
一颗安得太紧的螺丝

[天坪山]

我躺在草坪中心
看到天坪山的桃花瓣
遮在身旁的碎米荠上

当我猜想，一棵碎米荠
抬头的时候会看见什么
担忧发生了

我开始仔细观察
爱人的俯视
蓝到发亮的天空

这一切，有没有可能
也是一块废弃之物
渺小，微微发红
并且正在被某个人
逐渐用春风推远

[细 雨]

我的园子
有属于它的不快

牵牛花一直试图
挣脱我安排的木架

地砖为我过早盛满
一碗打滑的青苔

叫不出名字的杂草
正如疾病一般蔓延

其他人的园子肯定更好
我对自己说出疯长的想法
但又会马上压低声音

就像我手里那个破旧的喷壶
每一天，都试着
把一片汹涌海洋
处理成可爱的细雨

[今年春]

今年春，那只斑鸠
没来阳台安家

常坐的那辆公交
换了一条驼背的路线

今年春，你的手
没有搭在我的肩上

我不会介意
毕竟万物的记载
总会忽略一些偏航

很多命运就这样
盲目漂向礁石
每次可怕的碰撞
也会诞生藤壶的新家

偏航曾将我引入黑暗
但是我得到了一种目光
它如此强大
时常把异地的月亮
一压再压
变成故乡的白色纸张

· 点评 ·

个体经验、阅读视野与诗性直觉

左存文

主流叙事中的个体经验，日常生活中的诗性直觉，阅读视野延展的诗性空间，构成本期六位青年诗人的艺术自觉。

安乔子擅长从微小事物和平凡场景提炼诗意，"削铅笔""错别字""树"乃至母亲劳作的普通场景，在她笔下都有特别的意味。尤其是《削铅笔》一诗，在对生活场景的细微观察中生发出诗性直觉，因为"笔头一寸寸断裂的声音，轻微却又让人难受"，所以"每次看孩子削铅笔，我都担心他把笔/削得越来越尖，如同我怕自己在生活里不停地转/把自己削得越来越锋利"。这种由常见物象来譬拟自我生命的诗思，是最常见但也最容易成功的一种写诗方式，然而不同诗人因不同的个体经验不断刷新着读者的阅读体验。削铅笔总是令人想到生命在时间中的损耗，但在安乔子笔下，"越来越锋利"乃至"像一根针"的铅笔，恰恰成为被生活不断打磨的人的隐喻，这种打磨不是由外向内，而是人作为主体由内向外的"削"，读来颇具冲击力。

同样的手法也体现在《错别字》《树》中，《错别字》一诗以"看一本书时遇到一个错别字"而进入到人一生中遇到的"错的时间""错的地点""错的人和故事"，以小见大中透出人生之思；《树》也是"一个人对应一棵树"的由物到人的诗性思考。《我允许……》一诗，在表达上与《削铅笔》《错别字》形成互文，锋利的针变成了"肉体里的一根刺"，而这犹如人生"错别字"的刺，"我让它生长/它必定开出玫瑰"，有着与生活和解的通达。这组诗中最特别的是《夏日的傍晚》，山雨欲来时去找菜地里劳作的母亲，她穿着花衣服像一只蝴蝶，"在我的喊声中/那只花蝴蝶在暮色中起飞了/天空有星光开始闪烁"，这类诗句让人想起陈启佑《永远的蝴蝶》，但又是温情的故事，也让人想起郑敏《金黄的稻束》，但更加柔和、轻盈。

范丹花的写作路径与安乔子截然不同但又殊途同归，同样是人生之思，安乔子从日常体验出发，范丹花从阅读经验抵达。《卡拉马佐夫兄弟》《希腊神话》《荷马史诗》《悉达多》《陈寅恪的最后20年》等等，成为烛照她进行哲思的个人文库。这类诗歌有着特定的阅读期待，必须是读过这些书的读者才能够完整地进入她的诗歌世界。《卡拉马佐夫兄弟：米嘉》以该小说主人公之一米嘉为诗性建构的中心，诗歌一开头就直指"人世时有荒谬"，与米嘉的悲苦与痴情遥相呼应，而又回到自我内心的追认，"灵魂中住着类似米嘉的人，看他横冲直撞"。以阅读经验开启的诗思,往往会将个体生活与作品人物形象、情节、主题等形成互证,从而完成经典的个性化改造。

在《致阿佛洛狄忒》一诗中,诗人将这个典故细节抽空,而进行哲性概括,在神话框架中寻找到普适性譬喻,如"一切始料未及,我们努力争取的事物/都在遥远的精神之外"的荒诞性,"你想给予的是爱情,可它却成为战争"的悖论,"那竭尽全力后的所得,哪怕终无所获"的悲壮感,都脱离经典本身而进入到人生本质的思考。《选择》一诗同样由奥德修斯和悉达多的典故,完成对人生选择之后长久忍耐的宽慰。《高山植物园所见》一诗,表面上看来是游走之时的应景之作,但实质上是诗人对陈寅恪的追思,以尘世之坟墓找到与先贤对话的"生命的门"。于是秋叶也具有了信使的象征,"落在碑前与我的目光相遇,黄昏静止而翻涌",这里既有顾城《墓床》的诗味,又有里尔克认出风暴之前的激动如大海的"平静"。

如果说这两位诗人是从日常生活、阅读经验抵达诗性的话,那么蒋在的这组诗的写作路径是反向的。她的诗歌更像是禅修,由个体内在的思考而投射到生活中的物象。整首诗的起点与终点都似佛偈般智性,"你知道前面/已经没有再值得你期待的事物了",在这种先验性的重复表达中,有着内在的结构安排。第一部分在洞悟中开始"躲避崇高"式地躺平,"你懂得不再揭穿谎言/不去探索事物里的真"。但第二部分又在探索生命之真,"炙热的大地上/时间与你/一前一后地走着","在它的布局里/空间里充满着滴滴答答的回音",时间与空间的规则之下,"死亡使得这些痛变得纤细",所以诗人有了生命的通透感。

在后面三部分,虽然不断强调"你知道前面/已经没有可以再值得期待的事物了",但诗句间满是对日常生活的诗性期待或者说诗意改造。第三部分"小心翼翼地浇灌鲜花""严格记录浇水的次数",第四部分"开始重拾一些早年被你遗弃的事物/买回一些曾经丢失了的书",第五部分"回到了你所背弃的土地""谈论过去的旅程",如此,养花、读书、旅行、归乡,构成了一个人最诗性的生活状态,当下被安排得如此稳妥,那么"前面"还有什么"值得你期待的事物"呢?整首诗从内心的闲达,而进入到生活的从容。

对比蒋在诗歌中生命的通透感,李若行的诗满溢着青春的轻盈,在他笔下,美好场景所带来的伤感,也像面纱一样笼罩在生活上透射着诗的光泽。《板栗树》一诗中,有着"板栗树/我想把你缝进我的木屋/我们之间只有幸福的沉默"这样诗意的表述,与之对应的,则是因爱情流逝而笼罩在心头的忧伤,"我褐色的心留在了爱人身旁/它四分五裂,藏在无数刺的下面"。《天坪山》一诗也是如此,诗歌开头非常诗意,"我躺在草坪中心/看到天坪山的桃花瓣/遮在身旁的碎米荠上",而结尾则又是挥之不去的伤感,"正在被某个人/逐渐用春风推远"。

李若行这组诗反复纠结于爱情消逝的遗憾,表现出无法释怀的惆怅,如"今年,你没有陪我"(《拧》),"今年春,你的手/没有搭在我的肩上"(《今年春》)。但诗人通过对生活的诗性体悟而完成对愁绪的排遣,如《细雨》一诗中,"牵牛花一直试图/挣脱我安排的木架","地砖为我过早盛满/一碗打滑的青苔",这些园子中的"不快",正好与诗人的心绪呼应,而变得可爱起来,"就像我手里那个破旧的喷壶/每一天,都试着

/ 把一片汹涌海洋 / 处理成可爱的细雨"。同样，《今年春》一诗中，"异地的月亮""变成故乡的白色纸张"。整体来看，李若行的诗以爱为中心，有美好的回忆，多以温馨场景出现，也有眼前的失落，但伤而不怨，写得非常温婉。

彭杰的诗在结构上用力较多，有明显的雕饰痕迹，但语言表达、意象编排均颇见功力，显然，这与他兼事翻译与诗歌批评相关。看起来抽象的《幻象学》《语言学》，以及不好落笔的《林中走廊》《罗马城市》，都被他的个体经验所解构、所照亮。《幻象学》确实表现出水彩画般的幻象，尤其是"一路沉默的小道，缓缓降下的绿阴影 / 缓慢，浑浊，如穿过一场梦境"。值得注意的是，因海子"黑夜从大地上升起"的影响焦虑，诗人再很少出现夜幕降临这样的惯常表达，但在彭杰笔下，"天空经由暮色降临""缓缓降下的绿阴影"这类传统表达经幻象式的处理也有了一定新意。

天空与大地的互生、小道与绿树的互在，恰恰是彭杰诗歌中的"相对论"，这在《语言学》一诗得到了延续，如"我看见树林中 / 沉默的肖像画，而每一份 / 绿意，都承担与其对等的沉默"，《罗马城市》中"目光相互抚摸，直到风重新成为透明的群体"也有异曲同工之妙。《林中走廊》一诗，由生活场景进入到对人生存状态的思考，是其"相对论"的升华，在两边行道树的行走，构成了一个人日常不断重复的状态，所以他慨叹"这个世界 / 本就是一条狭窄的林中走廊"，这种本质性的揭示，让人想到多多那句著名的"自此，我的国界只是两排树"。

弦河的这组诗也有着"相对论"的影子，尤其是《暴雨后》一诗，"球场泛着光亮，一部分水渍 / 长出天空的蓝，万般寂静"，给读者呈现出雨后水天互映的诗意场景，但在这种场景描述中，更有深层的哲性思考，"这暴雨洗礼后的大地，万物生长 / 刚好复原，失去的斑斓"。《你捡到我的壳了吗》一诗从一道道裂纹的壳而想到海水中的生命，并由此赋予壳以新的使命，或者说以壳为介而反思生命的繁衍不息，"柔软的部分已经逃离，我以为的囚笼 / 它会不会成为另一所避难所 / 为新的寄居者，挪空剩余的空间"。

这些诗歌的路径，依然是由眼见之物到个体譬喻，《立夏》一诗更为明显，"风吹过静谧的湖，像一双慈祥的手抚摸长好的妊娠纹"，将湖面的水波想象为妊娠纹，立意新奇的同时有了孕育生命的隐喻。除了"暴雨""壳""立夏"均有着群体物象到个体经验的转折，弦河以自然物象丰富了"书信"所能有的更多可能。因在他乡看到"不开花的羊奶子，歪瓜裂枣的覆盆子 / 以及那些叫不出名的野菜，长在石缝里的百合"，而想到"总有一缕阳光会抵达"的故乡。以此为诗性思考的起点，"跨过的山峦，江河""沧海""鱼"、"野草"，都充满着故乡的影子，"它们多么像出走的孤勇者 / 在陌生的地方化成遥远的书信"，世界万物都成为故乡的信使。

总体来看，这组诗所展现出的日常与哲性、青春与爱情、时间与生命乃至生与死的互相依存，丰富并开拓着新诗能够抵达的各种可能。虽然部分诗作仅仅呈示为原始的诗意整合，但这种日常与知识的和解，直觉与经验的互生，乃至万物皆有诗性的思维，都是值得注意并不断赋予其个体意义的。

【作者简介】左存文，甘肃陇西人。文学博士，西华大学教师。《零度诗刊》主编。出版诗集《在陇西车站》《阿克赛钦的风》《四行之内》，长篇小说《归山》。

非常现实

Cao Tang

我需要这旷古的安静（组诗）

◎张抱岩

【作者简介】张抱岩，生于安徽阜南，中国作协会员，现居安徽阜阳颍州。作品发表于《诗刊》《飞天》《散文诗》《星星》《诗歌月刊》《青年文学》《草堂》等；入选《中国年度最佳诗歌》《中国年度最佳散文诗》等选本。出版诗集5部。曾获安徽新锐诗人奖、全国散文诗大赛银奖、第三届"清白泉"杯全国清廉诗歌散文大赛三等奖等奖项。

[雨 中]

车行驶在雨中
他睡着了
我们正奔向回家的路上
一个学业劳累的少年
一个疲于奔命的父亲

春日在雨水中并不怎么美好
一粒斑鸠鸣叫，车一样行驶过树顶

此刻，世上一些事件此起彼伏
它们湿冷，令人颤栗

少年在梦中被他的父亲载着
人间的恐惧还没有在身上生成

[冬 日]

河流在冬日沉稳下来
它因拒绝喧嚣变得隐忍

一只野鸭浮游于水面
和我一样孤立

雪,落下来,在阳光里
也不融化
——我需要这旷古的安静

[晒 暖]

我能和这位老妇人一样
安闲坐在冬青树下,就好了
我能有她一半的安静,就好了
面前有一条四季流淌的河
但她总是不抬头看它
下午又来几个人
轮流坐在冬青树下
树影和人影随人体偏斜
但这阻挡不了什么
他们坐在别人坐过的地方
沉默着不动,好像那拨人临走时
遗留的影子
我要有冬青树一半的安静,就好了
他们身旁是一片废弃的工地
路口,前几日停留过灵棚

一个女人在那里哭过
现在,那里空无一人
太阳依旧如同往昔照着

[菜蔬之爱]

我渴望我的身体菜蔬一样碧绿,
滴着清晨之露,这表明
我和这个世界从未断交。
我也渴望如菜蔬一样淡泊,
生长在菜地或田畴,偏于一隅,
沉默而寡欢,每日清淡,看着炊烟
从身边升起。种下菜蔬的人,
都是父亲和母亲,
来自广袤的星球。他们的辛苦
终于开出花。我见过深夜四点
卖菜的农民,骑着三轮,裹着军大衣,
开往城市的菜市场,
他们一遍遍展示着底层生活,
像一个少妇站在摊子前剥洋葱,
一层,一层,终于剥出了心……

被时间胶囊选中的人（组诗）

◎叶燕兰

【作者简介】叶燕兰，生于1987年，泉州德化人。著有诗集《爱与愧疚》。曾参加第37届青春诗会。曾获诗刊社2021年陈子昂青年诗人奖、福建省优秀文学作品奖等。

[嵌入病房的一扇窗]

一天之中，她会不止一次站到
那扇沉默的窗前
一扇打不开的窗，常常垂着蓝色帘子

她有时掉眼泪，玻璃上无助的影像
因年轻而模糊
更多时候仅是站着，看窗外梧桐
叶子各呈椭圆，却总有裂缺
少近乎完美的心形

一扇被锁死的窗
每个病房都有，每个病房的人
都爱到跟前站一站

许多次她看见夕阳的光
也不动声色地照进来

落在那个背对她的人肩头
像远房的一位穷亲戚，突然带来
窘涩珍贵的抚慰

**[入住浦东儿童医学中心的
第一个夜晚]**

呆在附近廉价的宾馆，熬了许多日夜
终于从黄牛手中拿到了清晨
露珠一般清凉、珍贵的挂号单

这家医院如同这座城市
东南西北的人，带着各自的病和爱
纷纷聚到这里，像纷纷的黄叶
一遍遍，催促着换季的疼痛

小小的不谙世事的婴儿，整夜啼哭
她的病房内，还有五个同样
悲伤的、被命运以小概率选中的伙伴
她的父亲抱着她
来回踱步，在走廊尽头轻声
哼唱安抚的歌。穿粉色外套的护士
目光比夜灯还要镇定，偶尔出入
某一间病房，仿佛天使循着哭声和
呼叫，来到静寂的人间

[被时间胶囊选中的人]

在监护人一栏，写下一个疼痛的名字
从医生手中，接过不同白色胶囊

一粒粒，如一颗颗被封存完好的泪珠
母亲的泪珠，孩子的泪珠
月亮的泪珠，萤火虫的泪珠
从此以后，她就要亲手将它们一一打开

托吡酯。抗癫痫辅助药一种
尤对婴儿痉挛症，有良善的疗效
由1/4的小剂量开始，裹着甘油的外衣
就要苦涩地进入孩子体内
直抵命运天真的脏腑

有时她坐在光线明亮的窗前细数
偶尔的咳嗽和鸟鸣，扰乱了内心节奏
好像回到爱开始的地方
母亲进城归来，带回半包鲜香的葵花籽
姐妹三人趴在松木桌面
按个头大小，均匀地分成五份

有时天色暗了下来，借着灯光能看见
这些安静的小颗粒躺在手心
仿佛第一场春雨过后，父亲从窑洞取出
藏了一个冬季的作物种子
它们都在目光的拨弄下，散发出某种光芒
似乎同时在向不确定的未来，传递着一类
古老而湿润的讯息

这种持续而微妙的触动，如同住院期间
早晚听着隔壁22床来自贵阳的大爷
戴着老花镜，坐在病床头用方言
一粒一粒数出的声音
他认知障碍的孙子，经常嘻嘻跟着念
九十八，九十九，一百……

[一封无法抵达的信]

王茂芳,你好吗
洪欣怡还好吗
盯着手机屏幕的对话框
一大片让人心疼的空白
只有互加好友时的问候以及
出院后仅有的一次视频通话记录
像两滴最后的药水,悬在输液器末端
迟迟不肯漏下来

有很多次我反复删掉写下的问候信息
像夜梦惊醒,松开手心黏湿的
一小块恐惧
害怕没有回应,又害怕回应的是
一阵冷风或
茫茫夜空,更加渺远沉默的星光

我常想起你在病床头抖手记着医嘱
背着用药后昏睡的孙女抹眼泪
像我的奶奶
身陷日头西沉的老屋
她已经 88 岁了
担心 57 岁的小儿子老无所依
还像刚把他生下,面对四壁漏风的生活
汗水和泪水来回稀释着奶水
不知要如何亲手把嗷嗷待哺的命运
一口一口耐心养大

北漂记（组诗）

◎鲁 橹

【作者简介】鲁 橹，籍贯湖南。作品发表于《湖南文学》《飞天》《十月》《人民文学》《诗刊》《北京文学》《绿风》《星星》等，有诗多次入选年度诗选本。

［败 笔］

我从不是故乡的败笔，不是多余的那个
我也未在草木面前表现过自卑

但故乡对我的少年是忽略的，对我的青年
也未曾有过安慰

我轻飘于漫长的南北之间，吞吐干燥和雨水
养活一己私念的肉身

极力抵抗挫败感带来的消极和苍老
极力夸大一只蚂蚁给我的启示和鼓励

飘泊不可能是平稳的，看似轻松渡过的河流
我全力抓紧那支光芒上升至眉间的橹桨

我的敬意献给过楼宇，献给过逼仄的门洞
献给过深夜怎么划也划不上的末班车流

但所有的感觉都是一瞬间。无数个一瞬间
我都淡忘了,我甚至没有怀念

来日不可追。一支粗糙不堪的笔,我依旧选择供养
它就像信仰,不敢轻易折断在他乡

[给心一个安稳的停靠]

寒风比我快,它在我扫码时上了地铁
幽凉的气息在座位下盘旋
那时是早高峰,我避不开它,更避不开人群

又到一站。风窜得高
它吹拂每一个头颅,脑门发光的那个
用京腔京韵唱出:你不要挤我

地铁送人接人。城市绕晕的部分
总是不能直达。我习惯性摸了摸我的心
拍拍,兜兜转转的几十年
我似乎只在做一件事:给心一个安稳的停靠
就是被挤了,补了,也能慢慢回位
它安安生生,我这具躯体
才算一个合格的容器

[孤 立]

隔壁在装修。我扶住墙
我怕轰鸣声倒塌在墙体
它巨大的力量
不只回响于我耳膜

我将跟随它,穿过很多道钢筋水泥
听陌生人的指斥、怨骂

不安稳的午休,辗转声略小于它

轰鸣声不断反弹
它遇上更强势的墙体,包括宇宙的
最后形成涟漪,形成黑色的
荡漾的中心

——每一圈都那么孤立,不能碰到第二圈
恍若银河,永不能收回那些
陨灭的、粗粝的碎片

[废园记]

京西南鬼斧神工,我命名的废园
有我三寸卧榻
一棵无根之树

阳台上堆书籍,积满往岁尘埃
不读它们,读了
做不成人间蠢货

写几句破诗,三五人搭理
若有人喊我喝茶听戏
便是我知己

知己知己,你会在半夜来啊
你会停在哪半页

我还有钉子隐隐的疼（组诗）

◎盛丽春

【作者简介】盛丽春，笔名莲心、微小尘。江西余干人，江西省作协会员。作品发表于《星火》《浙江诗人》《中国校园文学》等，入选多个选集，获奖若干。

[为什么写诗]

它有沙土、石块、坚硬的铁
填不平泥洼
却有精卫填海的悲怆

它有锋利的刀子
切不了青菜，却戳人心

它的月光和桃源容我转身
她的宇宙常新，我是我、我们
——又不是

它把荒凉的梦
钉在日渐斑驳的墙上

我爱那斑驳
我还有钉子隐隐的疼

[遇见]
——读《夜晚的微光》

读到64页。两小块菜地
一位重病的母亲,拽住我的阅读
窗外的东城巷脸孔陈旧
它刚刚哭过一场
臂弯里的菜地泪痕新鲜
更加欣欣向荣
大地辽阔,那么多蔬果在生长
仿佛一片片夜晚的微光
不断抚慰辛苦劳作的人
它也曾抚慰过我的母亲,我重病的
却以为自己一定会好的母亲
当我闭上双眼,总会看见
她在菜地里躬身拔草
这是她喜欢的菜地
她已经离开我很久很久了

[樟木妆匣]

被收藏的,是外婆的遗物
一把断齿的木梳、一个老式圆镜
外公常用白土布擦拭
反复摩挲。当他自言自语
小脚的外婆、蓝布衫的外婆
扎着一对大辫的外婆,一步一摇
依次走近他
丝丝缕缕的香气从时间的纹理溢出来
悄悄充盈每一个瞬间
他越来越老了。越来越重的咳嗽
越来越浑浊的眸光
被妆匣悄悄收藏——

又渐渐变弱,消失于无形
后来慢慢长大的我
一遍遍想起,黄亮的樟木妆匣
那时间容器承载的美——
仿佛清晨草地上圆润的露水
流逝里的悲凉那么盛大

[隐秘之门]

院子里的大缸松开自己
裂缝了。水沿着缝隙
伸出柔软的手
移开它、换上釉色闪亮的新缸
父亲那时健壮,我不及缸高
光突然造访——
缸底的虫子乱窜,身体扭动惊恐
我紧抱父亲的腿
一个世界打开另一个世界
袒露出彼此——
我和它们一样害怕
四十多年后,我推着
轮椅上的父亲回到老屋
那口缸还在,抱着一小扇秘密
仿佛舍不得松手
父亲什么都不记得了
他的世界已没有俗世烟火
从前仿佛只是平行时空
而寒霜染鬓的我至今也未能察觉
它们是何时转换的,那扇门
又在何时
向我们敞开了怀抱

[灰瓦屋]

我在纯白的纸上
画下土坯墙、木门、泥瓦屋顶
它递来灰色的波浪
时间的深海泅泳,我有一朵浪花的晕眩
——母亲在廊檐下洗衣
月光映着红润的脸颊,仿佛就在昨天

每一次起风,都会带来雨水的消息
对滴滴答答的生活
母亲有各种接漏的容器
而我喜欢蹲在瓦盆边,听星星的脆响
童年在流星雨的环抱下
与我的中年相拥

一个悬于半空,承接半世辛酸的木桶
此时发出温柔的光晕
两个相隔半世的人,廊檐旁添上木梯
蓝咔叽背影
修葺是父亲的专属
他总能找到生活潮湿的豁口
用泥灰和新瓦来弥补

之上的鸟鸣。瓦楞草。炊烟
已伴随陈年旧事的轻音
隐入煤气灶抽油烟机钢筋水泥交响的背后
只有我、我的时间
能找到它们闪光的白羽
从具象到影像,一只灰色的大鸟
跟随我不停地飞翔
四十多年,才获得一张白纸的居所

世纪访谈

大解：我的精神坐标在人类的序列中

◎ 大解 VS 聂权

需要天地时空和脚下的文化层作为参照系……需要一些沉重的东西作为压舱石

聂权：大老师好，我跟身边的同事、朋友说到您都这么称呼。我个人的判断是，您作品的整体成就在当代诗歌中是有数的，而且有些作品如《衣服》《百年之后》会在时间河流中存留下去。要向您请教的问题很多而限于篇幅难以尽述，我相信您在作品的经典性这一问题上有系统的深入的思考，您是否能先谈谈这方面的一些探索心得？

大解：首先说说姓名和称呼。我姓解，一个妹妹两个弟弟，我排行老大，因为早年的一段时间里，我的两个弟弟也曾写过一些东西，于是我就取了笔名"大解"，我的二弟叫"二解"，三弟叫"三解"，后来他俩都不写了，而我依然在写。比我岁数小的人称我"大老师"，那是对我的尊称，同龄人叫我大解，更亲切。

关于作品的经典性，现在谈论为时过早。我认为经典作品是在当代产生广泛影响和认可并且经过漫长的时间淘洗仍然能够流传的有价值的作品。时间是无情的，时间终将会洗刷掉文字以外的东西，包括社会地位、话语权、人际关系、事件依赖等等，只剩下文字本身。文字是人类文化中最硬的东西，也是高于生命的存在，无论是留下文字或留在文字中，都将进入不断的淘汰过程，谁能留下来，时间说了算。

聂权：严羽说："诗之极致有一，曰入神。诗而入神，至矣，尽矣，蔑以加矣！"我觉得您的高妙处之一种，在于得鱼忘筌、得意忘言，有神,有严羽所说的唐人的意在象外、言有尽而意无穷的特征。姜夔说到诗有四种高妙,"非奇非怪,剥落文采,知其妙而不知其所以妙,曰自然高妙"。我觉得您的诗歌有"自然高妙"的属性,在这里我想追问一下,您作品里的这种有神、高妙如何才能得来?能为我们详解下吗?它们有什么来源?

大解:在我的写作中,除了长诗《悲歌》,还有几首几百行的诗,其余都是短诗,十几行的居多,近年来越写越短,甚至少于十行。在所有文体中,诗歌用字最少,就那么一些字,翻来覆去地编排,如何写出深度、宽度,写出趣味、人味,甚至神性,确实是很难的事情。诗歌是一个人的综合体现,说是总和也差不多。什么样的人,写什么样的诗。如果说我的诗中有一点点神性,可能来自我的童年的经历。

我生于燕山东部一个闭塞、荒蛮、贫穷的山村,我四五岁的时候,村里有几十户人家,大多数都是茅草屋,只有少数几家瓦房,人们世代以耕种为生,大多数人一生都没有走到过十里以外。在千百年恒定的农耕生态中,随着血肉的不断下沉,文化层越积越厚,人们信奉给他们提供食物的土地、山水、祖先,还有眼前能够触摸的事物。我的故乡属于萨满教文化圈,人们认为每一棵树、每一块石头、每一条河流,都有灵魂,人们尊重万物甚至高于自身。2021年我写过一首短诗《肉身乃是绝境》,开头两句是:"世间有三种动物不可冒犯:/神,灵魂,老实人"。在我眼里,神和灵魂和人,都是动物的一种,没有高低贵贱之分,有时神的能力非常有限,甚至还不如人的能力强。我的故乡是一个闭塞的人神不分、生死不明的小世界,人们过着半神半人的生活,过着动物的生活,这些生活,构成了我童年的经历。我只是把这些经历所构成的精神底色融入到文字中,努力呈现出我个人的原乡史。有时我想,没有必要写得多么深邃和宽厚,有时我乐于写事物的表层,写它外在的笨拙、粗糙和反光,这种效果反而给人一种陌生感。

我的诗歌、小说,都与我的经历有关。这些经历如何转化成文字,每个人都有自己的语言秘径,说出即是。我的精神源头在我的身体里,而不是来自于书本,也不是来自于外国文学名著。我的诗歌来自于模糊的记忆甚至梦境,我的寓言跟我的诗歌相关,我的小说跟我的诗歌和寓言相关,因此,我的精神源头和脉络是一个闭合系统,都来自于我的经历和我的身体。我把我写出的文字看做是身体的外延,是我的一个精神器官,因此我的文字中常常会隐现出我个人的身体气息或者灵魂的影子。

聂权:严羽说:"唐人与本朝人诗,未论工拙,直是气象不同。"有大格局、大境界方能成为大诗人。您的作品着眼于生活、生命、人性、人类、自然万物、他人,探讨他们之间的关系,发掘日常生活里的人性、神性,既是个体生命的,也是有关全人类的。您是怎样看待天、地、人的关系,看待万物的?您对生命的态度是怎样的?经常在您作品中出现的燕山、太行山在其中占据着怎样的位置?

大解:我对人们所说的大格局和大境界,理解为诗人在作品中体现出来的精神高度、深度和宽度,而不是诗中所写的具体物象的体积大小，也与诗歌的长短无关。并不是长诗就一定是大诗，也不是写了一座山脉就比写一块小石头占有体积优势和道德优势。空洞的大而无当的诗我们已经见得太多了，那种上来就宏观叙事的上帝视角，总是让人感觉不可信。我在长诗《悲歌》中就曾经使用过宏大叙事，并认定宏大叙事是一种伪叙述。我在《悲歌》的叙事中当场完成了自身的逻辑指认和否定，对伪叙述进行了深度追问，这里不再细说。

一般情况下，我出现在诗中，不会以全人类自居。因为我是一个具体的人，是人类谱系或生命链条中的一个环节、一个由皮肤包裹的生命个体、一个生活在地表上的灵长类动物，两只前腿悬挂在肩膀上，两只后腿直立前行。一句话，我是一个吃五谷杂粮的吃喝拉撒睡的有着七情六欲的人，我有人性也有动物的属性，偶尔灵魂出窍神游天地，却不会真的飞翔。在大多数时候，我的精神视角平行于地平线，与我的身高相差无几，大约1.76米，不高于我的头顶，也不低于我的脚掌。但是个人的物理性局限性并不影响我仰望星空或透视历史，寻找和发现世间的秘密。一旦展开诗歌的翅膀，我就会超越肉身，在写作中获得自由，无限放大自我的边界，完成那些不可能的事情。这是文字给予人类的特权，别的动物至今无法做到，而人类已经在进化中享受了几千年。

在我看来，天地人神乃是一体，大到庞然大物，小到昆虫细菌，都是世界整体的一部分，每个生命都有自己的生存权。即使万物有高低贵贱之分，面对生死，众生也是平等的，谁都会因为出生而死去。死亡划定了生命的边界，没有哪一个物种可以逾越。

你说我的诗中经常出现燕山和太行山，确实如此。燕山是我出生的地方，太行山下的石家庄市是我半路迁居并在此生活了几十年的地方。这两座山脉是我的物理坐标，大致框定了我的生存范围，但不是我的精神坐标。我的精神坐标在人类的序列中，需要天地时空和脚下的文化层作为参照系，离开了这些我就会悬浮在空中。我需要一些沉重的东西作为压舱石，让我不至于飘浮太高，但我也不愿趴在地上，彻底丧失飞翔感。幸好神是善解人意的，他在框定我身体大限的同时给了我想象的自由，让我在语言中实现那些不可能做到的事情。我所理解的"神"，是原始自然力和生命秩序，甚至是人本身。

聂权：根在诗歌中太重要了，诗歌的根在传统文化、习俗、地域、历史、民族心理、语言、现实生活、人性、神性、传说、形式等中。您大约2009年前后写的一些作品，如《太行游记》《在旷野》《暴雨》……其中一些诗句来自民间观念、乡野村说。很多年后，这样的观念未必会再存于世间，但是它们却是我们这个民族的根的文化的细微组成部分。能谈谈您找寻源头与根的历程、发现和创造吗？对，谈到创造，有创新、开拓性甚至贡献，是一位大家的根本，也很想知道，哪些方面的创造是您得意的？

大解：一首诗能够被人记住的部分，往往是细节和趣味，是唤起了他人共同经验的个人化的东西。在诗中，不一定是虚张声势、大摇大摆才会引人注意，很可能是不起眼的一个眼神就勾走你的灵魂。我确实愿意找到事物中存在的本源性、元素性、还原性的东西，发现并自由地呈现出来。这些沉淀在文化层底部的东西，带有朴素而天然的感染力，容易接受也容易挥发，让你沉醉却不知所以。但是这些浸润并不是自动生成的，需要我的铺垫和引领，以一种自由方式带你神游。我所说的自由，就是找到一种自己的语言方式，放松甚至是无差异的，让书面语言和言说达到统一，像说话一样写作。但是这样的语气仅仅是一种姿态，并不能构成个人的特异性，我更愿意在放松甚至是躺平的语言方式中，从事物的表面入手，逮住那些陌生化的东西，还原其中本来就存在的神性。我所说的神性，并不是简单地去处理宗教题材，而是从个人化的语言和气息中挥发出来的一种说不清道不明的味道。无论是神性还是根性，都不用刻意去寻找，那些来自传统、习俗、地域、历史、民族心理、语言、现实生活、人性、传说等等综合性的元素早已根植于你的身体里，随着你的经历加深和加厚，最终构成你的精神底色，成为你的个人史。神性存在于读者的感知中，我仅仅是唤醒了你心中本来就有的东西，用燧石去点燃你心中的火海。因此，诗与读者相遇，有如在高空中对接一道闪电，发光并击中你灵魂的是你自己，而我的语言只是天空中的一道裂缝。

聂权：《白石诗话》云："若句中无余字，篇中无长语，非善之善者也；句中有余味，篇中有余意，善之善者也。"我越来越意识到，适当的松弛和闲笔的重要性。就我目前所见，您是当下最善用闲笔的诗人之一，而您作品里的那些闲笔部分，于我久后回想，竟成一首诗的灵魂部分。这一点实在佩服。如《太行山记》结尾"这里顺便说一句　山里的星星大于鸡蛋／但小于西瓜　至于芝麻大的灯光／就不用提了　凡人类所造之光／都将熄灭　只有神的家里一片辉煌"。不知道是否能了解您的闲笔这一高超技艺的养成记？

大解：在《太行山记》这首诗中，结尾的段落以闲笔的方式出现，是对前面叙述的补充，同时也构成诗的完整性，甚至翘起一个尾巴，即使翘到天上去，也没什么不可以。闲笔在诗中，是松弛的部分，给紧张的结构留下一点喘息的空间，透透气。放松之处往往是诗中最无关紧要的清逸的部分，也是容易飘起来的地方，那就让它飘，说不定这些闲来之笔恰恰是灵魂抽身的需要。有时候我愿意整首诗都是放松的、平和冲淡的，没有跌宕起伏也就不必语言犀利而陡峭，慢条斯理地说出，看似随处都是闲笔，但是少了哪一句都不行，甚至去掉一个字都有可能坍塌。这是诗的准确性造成的，越是准确的东西可能张力越大，准确的词语带有不可置疑的稳定性和能量，但是只要有光，它的每一个固定的侧面都会呈现出自己的影子，使整个语言建筑变得迷离。如果准确性给读者提供了唯一的答案，那么它就是僵硬的，即：没有余音，没有言外之意，就是人们所说的，把一首诗写死了。

人们常常用老干部体来形容一首平庸的诗，即，没有错误，没有问题，语言也圆滑到位，看似也说了道理，也想表达一些想法，但是整首诗读完，就是没看头，没味道，味同嚼蜡。把一首诗写死也是很不容易的，作者肯定是费了大力气，我们要理解他的努力，不要埋怨和嘲弄他，因为我们每个人都有这样的作品。

什么叫作生生不息
。这就是。写下这史诗般
浩瀚的生命活动

聂权：您有很多让人读后记忆犹新的作品，如有一首可能未必被人充分重视到的《老街所见》和《衣服》。我记得，从前曾当面向您请教，我说到《衣服》的经典性……关于作品如何才能让他人记得住，有长久生命力，您必定是很早以前就已经开始思考、开始实践的。您能谈谈这方面的心得吗？

大解：《老街所见》写于2005年。我觉得你能记住我十八年前写的诗，一定是诗中的某些细节或者有趣味的地方，给你留下了印象。在一首叙事性的短诗中，细节决定成败。细节不是概念，不是词语空转，而是落到实处的具体情节，具体的思考。因此细节是无法模仿的，也是一首诗的个性所在。《老街所见》写的是一个非常干瘦的老头，又弯又瘦，比晒干的豆角稍长一些，他把摊子摆在铺外，他的货架上只有花生米，没有别的。下雨的时候，老头是如何躲避的，我从不知晓，但雨后他总是待在那里，而且二十多年不死。让人费解的是，哪儿有那么多的花生米，从往年一直卖到今天？我知道这样的想法和写法非常傻，但是在诗中，这个可以有，而且让你记住了这么多年。可见细节的重要性。

你说的《衣服》，一共十三行，干脆直接引用在这里吧：

三个胖女人在河边洗衣服
其中两个把脚浸在水里　另一个站起来
抖开衣服晾在石头上

水是清水　河是小河
洗衣服的是些年轻人

几十年前在这里洗衣服的人
已经老了　那时的水
如今不知流到了何处

离河边不远　几个孩子向她们跑去
唉　这些孩子
几年前还待在肚子里
把母亲穿在身上　又厚又温暖
像穿着一件会走路的衣服

《衣服》是一首白描式的作品，语言平实，叙述也非常平淡，没有什么出彩之处，几乎全部是细节。有人对最后一句感兴趣，说是比喻奇绝，实际上我最不喜欢的就是抖机灵，耍小聪明。最后这句话是话赶话，赶到了这里，不这样写不行，否则我不会使用形容词。我觉得形容词是最笨的，需要意象转换和绕弯子，不如直接说出。因此，我后期的诗中很少使用"像……"这样的句式，我觉得这是语言处理能力不足的表现。《衣服》这首诗中我比较满意的地方是："水是清水　河是小河/洗衣服的是些年轻人"还有一句是："那时的水/如今不知流到了何处"。这样的句子朴素平淡，但是时间、空间、人物都在里面了，其悠远和深邃不言自明。

聂权：博尔赫斯说："诗歌是神秘的棋局，棋盘和棋子像是在梦中一样变化不定，我即使死后也会魂牵梦萦。"姜夔说诗歌变化之法"如兵家之阵，方以为正，又复是奇；方以为奇，忽复是正。出入变化，不可纪极"。我觉得许多读者只看到了您写作中的自然，而未特别看到您诗歌里那些章法、句法、语言、推进方式的变化，那种自然的力量和含奇崛而不露的平易写作法，于我内心，是惊人的。是"师法自然"，向自然学习的一种成果。而令我一直有些诧异的是，读您最早的作品，也是这样的风格，即使写作于很多年前，也已然相对成熟。很想知道，您在确立自己风格的道路上的历程和能提供给年轻写作者的经验。

大解：首先说说我对博尔赫斯这句话的感受。他说："我即使死后也会魂牵梦萦。"这句话已经超越了生死，进入了身后的幻境。究竟是什么变化不定的神秘棋局，让他如此牵肠挂肚，以至于死后还在耿耿于怀，久久不肯放下？这就是诗的魅力。唯有诗，能够撕扯灵魂，让死者不瞑。博尔赫斯晚年失明以后，就不再用眼睛观望这个世界了，他用心灵体验世界，在视而不见的地方他望见了神秘的棋局，那变化不定的幻象是自己生成的，同时也是语言世界透露给他个人的秘密。

博尔赫斯的驳杂、饱满、丰富、神秘、浩荡，让我佩服但我永远也做不到，因为我喜欢简单、平淡、悠远、清澈，像流水忘怀于自然，不知其来去。我曾经在《衣服》中写道："那时的水／如今不知流到了何处"，我真的不知流到了何处。我专注于此生，知道自身的局限，沉迷于身边的琐事却无时无刻不对深邃的时间和浩渺的星空保持着虚心和敬畏。更多的时候，我所看到的都是表面的事物，而这些已经足够。前面我曾经说过，越是司空见惯的表面化的东西，越是容易被人忽略，我看见了，我说出，反而有一种陌生感。而这种陌生感，体现在朴素的叙述中，往往打动了你，你却不知所以，就像清风拂过你敞开的胸怀，你却看不见风，风不是不存在，是你看不见风的形态。

我觉得诗人"弱智"一些可能更好。有时候，诗歌需要的不是高智商和心眼儿多，而恰恰是减法，去掉那些累人的没用的东西，甚至去掉语言中的杂质，以便减少繁杂意象之间的摩擦、互动、内耗，不让语言空转，尽量在准确而简洁的叙述中体现语言自身的张力。

至于我个人的写作，我愿意我的诗有较强的辨识度，但我反对个人风格的固定化，需要叙述的时候我就叙述，需要直面真理的时候我愿意直接撞击而不是躲避和绕弯子。总之，无论是想法还是写法，都自然一些，直接一些，出于本心，无须多虑，这样反而轻松，别人看了也不费劲。

聂权：有意地接通过去、现在、未来是您有意地在一直做的一件事。"太阳底下没有新鲜事"，只要有人类，就有相同或类似的悲欢与命运。生生不息的气息是很少见于诗人作品的，我个人评判诗人及作品时却将其列为极重要一条。在您的作品里，对生生不息的气息是有整体的呈现的，《衣服》《百年之后》也因此而成为我眼中具有经典性特征的作品。想听一听您关于生生不息气息的一切观点。

大解：人类的生命总体确实是生生不息

的，在人这个物种里，种类很难完全死掉，而个体却一直在死亡，没有哪一个人能够永远活下去。个体生命是有极限的，身体不会超出自己的皮肤，人生也不会超越自己的命运。尽管每个人都会因为出生而死去，但是每个人在他自己的时代里都是活的。因此，无论是过去、现在、未来，都没有真正意义上的死者，在属于他个人的生命时段里，他就是一个鲜活的生命。

那么，诗歌如何去表现人类的生生不息呢？仅仅在诗中写下"生生不息"这个词汇显然是笼统而空泛的，缺乏具体的形象和说服力。你举出的例子很好，扬尼·里所斯在《在一座古庙的废墟中》写出了一个生活片段，他通过一系列具象的描写，写了抽烟的男人和浣洗衣服的妇女们的身体动作，不证自明地让我们看到，在地球某处的某个时间段里，有人在那里生活。细节呈现之后，其他无须多说。当我读到"年复一年，重复这陌生的、和平的、无声的亲密"时，我突然感到了时间的悠远和生命的漫长，一种不可名状的气息弥漫开来，飘出纸面，让我深深感怀但又说不出这忧伤来自何处。这就是细节和具象的感染力吧。

我的《衣服》一诗，之所以被人记住，也是得益于它所呈现的亲历性，现场感，具象的描写，以及诗中透出的活跃的生命气息。诗是人写的，也是写给人看的，其他的动物暂时还没有阅读和使用语言文字的能力，因此，书写人的生活和生命，在很长时期里将是诗的主体和核心。我的诗基本上都是写人的，无论我是否在诗中，至少我是站在人的视角和立场上观察和理解这个世界的。在我所生活的时代，大约有八十亿人也在生活，放眼望去，被死神追赶的人们来来去去，一片汪洋，起伏不定，几乎望不到尽头。你说，什么叫作生生不息？这就是。写下这史诗般浩瀚的生命活动，哪怕只写了其中的一个片段，一个微不足道的细节，也是拜人类的进化所赐，因为别的动物根本不会写诗。

聂权：曾经听您说观察事物的深入，如，观察一片叶子，不仅要看它的正面，还要观察它的背面，看它的纹路、脉络。您在《太行山记》里写到了天将黑时遇到的一位老人，这位老人说天黑了，待会儿天就黑了，这本来是一件再常见不过之事，在您的观察下，却赋予了这样的事件以源头性的意义。能再请您对年轻人谈谈观察的具体方法吗？

大解：对于如何观察事物，我的理解非常简单。只要不是把一件事物切开，那么无论如何观察都是表面化的，包括用肉眼和使用精密仪器。外部观察，看的是物象的形制，而对物象的深入思考才是人的思想介入后生成的内部肌理。对于写作而言，外部观察就已经足够。我经常停留在事物的表面，不愿往深处去，因为总有些地方我们凭借肉身难以抵达，比如生成地心引力的源点，比如宇宙运行秩序和机制的原始底稿，比如万物运转的第一推动力的出处等等。无力到达的地方太多了，于是我就偷懒，写一些事物的表面，仿佛置身世外的一个看客，欣赏着事物的外形。有时候，我可能截取生活的一个片段，看一看内部的纹理。比如你举例的《太行山记》，就是写一群人登山和下山的过程。在下山过程中，诗中出现了一个皱纹大于皮肤的老人，我不要求他真实存在，他在语言中存在，这就够了。下山，归途，老人，黄昏，天黑，这一系列相关的物象和时空构图，让我也迷糊了，最后不知自己是谁，竟然难以自辨。写到难以自辨这里，我觉得就不是表面物象了，因为我的内部发生了变化。由于天黑，我已经不能自知了。还有一次我写《在河边》，结尾几句是："我站在河边／像一棵树干／里面藏着树叶／像树干死去／体内的年轮依然在旋转"，这其中就存在着表里互通的结构，难以说清内外，因为这些物象的里面和外面构成了一体。因此可以说，诗人对事物的宏观笼罩和细微观察固然重要，但思索更重要，你看见了什么和你思考了什么，是有区别的。看见是发现，而思索若有反常之处，就是超越。别管超越的是自己还是别人。

人们依然在试图追寻诗的本质……我毕其一生都是在为建造一座语言圣殿而做工

聂权：诗人能达到的高度，很大程度上来源于对诗歌本质的理解。关于诗歌本质，我一直在思考，想从源头去找答案，但是苦于所获甚少。能清晰感觉到，这么多年，您一直在探究诗歌的本质。您得到了什么样的关于诗歌本质的答案？

大解：开句玩笑吧，人的本质是碳水化合物，诗的本质肯定不是这些。诗歌大于人本身。在文字诞生以前，诗歌就以声音的方式出现了，现在是文字流传居多，随着科技的发展，未来说不定还会通过影像、幻想等方式呈现诗意。萨满教的祈祷仪式上有一段治疗虫牙的咒语，我觉得就像是原始的诗歌："细小、细小、细小的虫／落在茇茇草上的小小的虫／像乌鸦一样的小黑虫／落在皇帝头上的小小虫／你的草原被人占了／你的冬窝子着了火／黑头小虫出来吧／快快出来吧"。原始的诗歌带有朴素的情感，不一定直指诗的本质，其中的巫术成分却作用于人的肉体和灵魂。因此，语言文字（包括用嘴说出的声音）就有了超越物质的属性，成为人与天地神灵沟通的介质。诗歌诞生时也许是实用的，比如鼓劲、劝慰、祈祷、治愈等等，随着语言的成熟和表意功能的增强，诗歌很快就站起来走入了神殿，甚至成为神殿本身。诗人只有写出（或说出）诗歌才能称为诗人，诗人通过语言获得了无边的自由。因此，你看一个诗人，不能仅仅看他的身体，必须看他写了什么，因为他的文字中有他的灵魂。

给诗的本质下定义是困难的，也是狂妄的。我也是一直在追寻诗的本质，有时以为自己抓住了什么，但是松手一看，不是。能够确定不是，也是困难的，因为否定和排除自己的观点等同于从自己的身上割肉，或者把自己推翻。你必须确立一个新的标准才能否定原有的标准，而你所确立的这个新的标准是牢固的吗？尽管如此，人们依然在试图追寻诗的本质，以便接近诗本身。与在死神的追赶下仓皇逃生不同，人们对诗歌本质的追寻是一种语言历险，并不存在真正的危机，也没有生死离合的悲欢与无奈，其快乐和苦恼不会构成精神紧张和压迫感。

我曾经在《悲歌笔记》中讨论过自己的长诗《悲歌》，其中谈到了诗中所涉及的人与自然的关系,人与死亡的关系,人与人的关系,人与自身的关系,当时我认为这四种原始冲突关系到诗的本质,现在我可能会加进一些层面,但这四种关系我还会坚持。如果把诗歌比喻成一座神殿,我希望住在其中的是一个肉身而不是神本身,因为离开了人的肉体感受,诗的痛感或欢欣就会失真,容易成为与人无关的身外之物。诗歌毕竟是人类创造的语言艺术,离开了人这个主体,诗就会失去受众,我还是那句话,因为别的动物根本不懂诗。

聂权:不止一次听您说到,《悲歌》是您最满意、最重要的作品。这部作品是因哪些方面让您如此看重的?

大解:提到《悲歌》,我要多说几句。《悲歌》(16000行),是一部叙事诗,河北教育出版社第一版的版权页上标注的是史诗。当我见到书时,吓了一跳,我觉得史诗这个文体,似乎超越了我个人的承受力。因为我知道,汉语诗歌中没有流传下来的人所共知的史诗,而传统意义上的史诗是一个民族共同参与创作的作品,在不断的传承中,误传也好,添油加醋也罢,每个说唱艺人都会在传播过程中加入自己的演绎成分,因此说史诗是一个不断生长的活体,是民族文化的共同遗产,而不是哪个个人所独有。史诗一旦被文字固定下来,就会失去生长力。那么汉语为什么没有产生史诗呢?这个要从源头说起。

汉语诗歌从《诗经》开始,就一直以碎片化的方式呈现和流传,抒情即景,均为短制,到了楚辞那里,出现了组诗,但是我们的先人们没有继续往前走,而是逐渐收缩,以至于唐诗宋词元小令,越来越紧致,最终成为文人手中把玩的精致文玩。在漫长的历史中,注重叙事传统的域外诗歌已经出现了多部史诗,我们的少数民族中也产生了史诗,如藏族史诗《格萨尔王传》,蒙古族史诗《江格尔》,柯尔克孜族史诗《玛纳斯》等等,而汉语诗歌却绕过了史诗,走上了另外一条路,不能不说是一种遗憾。但是史诗真的那么高不可攀吗?我在这里要说的是,史诗不过是一种文体,就像我们平常所说的小说、散文、报告文学等文体一样,没有高低贵贱之分,史诗只是其中的一个种类而已,并不带有天然伟大的属性。但是到了我们这里,因为我们的文化基因中缺少这一块,人们对史诗的庞大体积和文化载量产生了敬畏,乃至仰望,甚至构成了精神崇拜。人们一提到史诗,就觉得那是了不起的作品。实际上,不是所有的史诗都是好作品,就像我们当代的汉语诗歌存量一样,其中有多少好诗,一望便知。

我之所以认为《悲歌》是我的重要作品,是因为我在其中使用了结构。我们知道,短诗是不需要结构的,几句话就说完了,没有必要为此搭一个架子。与许多短诗焊接构成的所谓长诗不同,一部真正意义上的叙事诗离开结构就会倒塌,成为一个平面或一堆元素,就像大海平躺在地上,只是水多而已,却无法立起来流向天空。在叙事诗中,结构是骨架,细节是肌肉,思想是灵魂。结实紧密的结构本身就自带含量,决定诗的体积和高度,甚至是灵魂的装载量。

写作《悲歌》,我构思了四年,之后动笔写作用了四年,之后又用两年时间回顾其结构,写了十万字的《悲歌笔记》。一部叙事诗，前后耗时十年。到现在为止，《悲歌》已经出版了四种版本，这部叙事诗，整体结构上带有很强的寓言性，为我后来的小说和寓言创作奠定了基础。所以我认为《悲歌》对我个人来说是重要的，对汉语新诗也是一种探索，无论有多少遗憾，我依然满意，何况我至今依然认为其中没有什么遗憾。

聂权：我对我特别佩服的诗人的精神来处和去处都很好奇。我曾听雷平阳说，精神来处可以是宗教，精神去处是文化的重建。前面说到了您的精神来源，也很想知道您的精神去处是什么，一位像您这样的生命个体，通过写作和在生命中成为真正意义上的"人"的探究过程中，要实现怎样的人世价值和时间价值？

大解："你的精神去处是什么？"这个问题属于终极性追问，非常复杂而深奥，但我想简单回答这个问题。

作为一个诗人，无论其精神来处在异乡，或是本土文明的光照，或是宗教信仰，都与其生命历程相关，并在其作品中隐约呈现出轮廓和脉络。从某种程度上说，每一个诗人都是自己的语言圣殿的建筑师，他的精神架构，他的文化积淀，他的视野和宽度，决定其语言圣殿的高度和容量。我承认，我毕其一生都是在为建造一座语言圣殿而做工，并乐于住在里面，它也许并不高大，也不完美，甚至贫寒简陋，但却是我的精神去处。许多时候，我的心灵住在我的文字中，沉浸也好，超拔和飞翔也罢，都是我的精神归宿。我必须在文字中安身，心里才能踏实。如果不是处于思考和创作中，我就觉得自己是一具行尸走肉，只是活着而已。一旦让我进入创作状态，活在语言世界中，我就会获得无边的自由，仿佛自己就是自己的主宰。诗歌就是我个人的宗教。有一天，当我的肉身在尘世间隐退，我愿意我的作品依然活下去，那些文字是我曾经存在的证据，同时也是我的全部价值所在。

雷平阳说的："精神来处可以是宗教，精神去处是文化的重建。"我理解他的说法，但是文化重建太费劲。文化是一个庞大而复杂的综合体，无论是结构创新和原料使用，都很难摆脱传统的惯性和压力，即使是一个力量型的诗人和作家，文化重建也是极其艰难而冒险的事情，凭一己之力难有建树。我的想法是，基于既有的文化层，沉入到古老的文化基因中，激活并恢复其整体的活力，使其复明或重生。这也同样艰难，而且文化积淀越厚重，个人的压力越大，甚至被压垮。但是只要你做了一点点，哪怕是激活了一小部分，也算是有了相应的价值和意义。

关于精神来处和去处的问题，我想再多说一句。我是一个有故乡的人，我的身体故乡和精神源头是重叠在一起的，我用文字所建立的语言故乡只是它们的影子或镜像，那里是我出发的地方，最后又回到了那里。人有时候很奇怪，总感觉有一个远方，当你走了多年以后回头一看，当初出发的地方就是你一直要找的地方，而不绕这样一个大弯子你就没有能力发现这其中的奥秘。这个过程也许就是你提问中所说的实现人世价值和时间价值的过程？

大雅堂

Cao Tang

被时间丢失的（三首）

叶德庆

[所有的寂静都是光阴]

一群雪卧在山里，一群树站在风中
飞鸟掠过，树上的雪纷纷散落
我来看望这个被剥夺繁华资格的世界

一块有纪念意义的石头在盘山的路旁
尚未成年的花粉还在练习翅膀
幼年的泉水一尘不染

山里的日子长
所有的寂静都是光阴
天空并没有因为我的登高而缩短距离

必须赶在结冰之前下山，比黄昏早一点
世界有点摇晃
我抱起一块石头压在风中

[过路人]

还能纵情，是一件很侥幸的事
一下子把生命的长度拉开
因为山水一望无边

巴蜀多美人，多英雄，多文人骚客
在瞿塘峡的山坡上
借火塘取暖，有一股香味是天然的

外面的天光水色山影
不如一堆柴火迷人
烧火的女人鼓起腮帮，吹得火星乱窜

门外的一棵桃树地处高寒
花期推迟到四月
这时的桃花丰满

墙上挂着独一无二的草药
山里的人都是绝世的郎中
但治不了无病呻吟的过路人

一只蚂蚁跋山涉水
一边走一边问路
我把蚂蚁引入到墙缝中先住一宿

[被时间丢失的]

几座失守过的城门
城墙上的草幡然换代
门前的狮子，有的老了，有的走失
包括狮子坐过的石凳也不见了
有的人不知有神
江上的雾灵性还在
看雾的人心情不同，内容迥然
一块石碑，记载城门失守的日期
几个被时间丢失的字，模棱两可

城门外的码头迁至虚无的夔门
城门里保留着书香，淡如菊
一些淹没在水下的城门，彻底失守

风是最后一个攻破城门的
进退自如
最后被攻破心理防线的是一群纤夫
反复修改的号子失去了川江的原声
夕阳返照，时间将独守空门

就当是远方（三首）

陆健

[一个声音告诉我]

一个声音告诉我
放下你的笔。这些都不是诗
华美不是，深刻也不是——
人类一思考上帝就发笑。人若是
不思考，神该是什么表情呢？

一个声音告诉我，你不是诗人
你常常放下技艺的操练
被日子里的琐碎纠缠住双手
虽则心有不甘

你只是怀揣火苗的世间访客
蜡烛似的火苗，豆粒大的火星
在斧头和石头间磨砺，消耗
你的个性接受失败，拒绝对位
艺术与你各自陌生，望其项背

或许它本来就不是你的初衷
匆匆的书写在风霜雨露间滑过
短短一生，缺乏灵感光顾
长长的一生，缺乏必要的耐心

一个声音告诉我，艺术从不曾
在你生命中取得她的所需之物
斧头与石头，头颅相撞
你所保有的破碎，我见过太多

[偶过蓝调庄园马术俱乐部]

郊外斜阳。庄园在望
如一首恬静的诗章
已久违马的嘶鸣，马的昂扬
马的旧事，战火照亮鞭影
马的欢快，一日看尽长安花
马随僧人取经西去，回来
在白马寺守门，化为石马
马被李白换了美酒，流散
乌有之青春，海子以梦为马
昔日的马竟然复生，聚集此处
它们清闲，甩尾
驱赶蚊蝇，打几声响鼻
它们落寞，相互蹭蹭脸颊
它们的鞍鞯等待周末的男孩
它们想赎回那孤独的王子

[就当是远方]

冬天了，远方在候鸟背上
冬天，满地落叶的远方，在树上
而黑头发是白头发的远方

天越来越高，仿佛空无一物
千里外的乡音却近似身边的问候
在微信中的笑脸，在低头的一念间

我知道喜鹊，上午为众鸟而唱
晚间的清歌是为自己抒情
我想起我的出生地，河北平原上
只剩瘦瘦枝杈的白杨，倔强地
站在天地尽处，它的巢穴被突出

旷野的安静，如一匹被抻平的棉布
无语之季节。喜鹊的叫声，点燃
我的童年，亮了一下，又亮了一下

寂静笔记（组诗）

思不群

[绳索上的爱情]

一根绳索呼唤另一根绳索
打个结
将某件事扎紧，不松开

打结，一根绳索咬住另一根绳索
像亲吻，像决斗

源自同一段线条的两根绳索
切断时
像两股反对的力在拔河

找准了决斗的对手，目标不是
分出胜负，而是同归于尽

而某个线头一直伸着
像一只手悬空
等着另一只手握过来

[重力联系]

正午，高高的塔吊上，一位工人正在拆卸设备
天空湛蓝，像一对巨大的翅膀从他后面展开，围拢
屋顶在远处延伸，沉默像落叶覆盖一大片居民区
他蹲在高高的横梁上，钉在一杆巨秤上的准星
世界曾在他手中变得完整，如今他又赋予它破碎的
权利
重力从深空坠落，穿过他垂直向下，深达人间
那是他不可拆卸的部分，和等待称量之物
谨慎的迈步有下坠之重，而孤独一身却有悬浮之轻

风吹正午，人间空阔，如此坚硬，又如此易碎
像被一个人提携到高处，颤巍巍地在空中行走

[寂静笔记]

湖水是一座冬日的隐修院
破壁的默语召唤水面的微风

黄昏迟缓，诞下的金字塔倒在水中
将湖水涌上了天堂

湖岸退得远远的
杉树林如一群长衫客，隐于薄雾

寂静沉在水底，流速缓慢
鸟鸣啄击湖面，又弹回树梢

只有更深地窒息般浸入
才能得到更有力的开花托举

枯荷因饱含生死而命悬一线
湖水的清凉自证即将完成

[单向窗]

灯光亮起，在夜晚同时创造出
光亮与黑暗
如同一本书翻开的正面与反面

在夜里，阅读一位诗人
就像站在他的窗外
一扇单向的窗户，中间是大团的幽暗
有时，窗内之灯和窗外之黑暗
隔着一块修辞的玻璃，在告别

在夜里，阅读一位诗人
从共同体的库房里
支取一份利息
精神的舌头舔舐，那利息将被还回去
那时它已经增殖

读到夜深静寂，大雪降下诗行
雪原上的独行者，拔出一条腿
另一条腿又陷了进去

读到夜向身体里缩小
书仍然摊开在桌上
有时会跳起来
像一对翅膀，拍打脸颊

日常集（组诗）

马拉

[天真的信使]

为什么会这样？当我看到
弘历年间张姓乞丐带着他年幼的儿子
流落江浙之间像是看到了前世；
卑微庸劣，羞于承认父亲的身份。
掩上书本，我想替弘历原谅他荒谬的罪行
不止一次遇到这种百感交集的繁复时刻
身体像巨鲸浮于大海，手和心脏
保持同步搏动。紧酸。沉重，又虚浮。
我不止一次试图描述童年的松果，暗行的火车
藏在书房中的两把匕首所储藏的情感体验。
太多了，语言完全无法准确抵达。

在甘南，拉不楞寺苦修的僧人
据说他们住在猫耳般的石窟不言不语
动辄十年；更多的凡夫俗子偶尔
坐在松林中，梅花树下像是有了分身
——脑海中的呼啸终将归于平静。
确定的肉体被不确定的灵魂中的摆渡者
注入新的情感，如同暗夜中破壳的蝉
还有形式的身体，又不再是那个人。
这到底是谁的赋予？一根竹笛
何时才能发出美妙的乐音？都是偶然。
把水注入瓶中，把树木还给大地
这样的幸福，神秘真实，无法与人分享
充满感激满怀欢喜又不能口吐一词。

[黄 金]
——赠俫俫

傍晚，我从餐厅出来到停车场散步
朋友们还没有来，远山停放如神仙布下的棋子
晚霞将余晖一寸寸收藏，这娇羞的美人
一辆特斯拉微笑着向我加速，我毫不惊慌
但开始躲闪，这会让我们彼此愉快
亲爱的超人先生，看到你我很开心
你赠我的艾略特文集我还没有读完
他是个有才华的人，我们不能与之相比
至少有一点他会羡慕我，漫长的一生中
他没有得到你纯粹的友谊。重要的不是读者
更不是评论家，对诗人来说只有爱
属于时间中的珍稀之物，灵魂中的黄金。

[最咸浪漫笔记]

在海边生活多年，只有一次
我亲尝过海水的口味。
所有的知识告诉我，海水是咸的
作为一种真理，它从未被怀疑。

忍不住，就再喊一声（外一首）

郭建强

总得大喊一声
忍不住，就再喊一声
或者沉默，所有的声音
被喉管堵住，成为凝固的冰柱

那是美好的一天，我和心仪的姑娘
坐在海边，她第一次看见大海。
海水平静，透明，和溪流中的水一模一样
我告诉她，哪怕是无辜的海水
也保持了一样的咸度。她不信，
这不是她想象中的海水，为了证明
她把手指蘸进海水，送到嘴里吮了一口
她相信了大海。我把她的手指再次伸进大海
吮吸了她的手指，而不是美妙的嘴唇
——这是大海给我的最高浪漫。

[阅读也会让人伤心]

小说家如此残忍，又善良。
他写到一个场景：奴隶主家三岁的小奴，
在买主面前拼命表现早熟的乖巧和聪明，
为了让父亲顺利把自己卖掉，不至回去挨揍。
我想起草原上的鹿和狮子，
它们用粗糙的舌头舔舐刚出生的小兽。目光单纯。
要多么侥幸才能活到现在，还能感受到爱。
人类让我恐惧，也让我对儿女怀有不可逃脱的愧意。

急刹车声，喇叭，从车窗吐出的一声喝骂
一只失足马路的小狗哀鸣，爬起
再次被新的钢铁撸飞，血从嘴里喷出——
哀鸣，爬起，血在马路上颤抖

终于捞起小狗的最后的喘息
只是颤抖，像是被皮鞭抽打的脊背
隔着穿梭的车流，在一道道透明的栅栏后面
一只小柴犬在主人年迈的怀里抽搐、吐血

晨光浸泡着若无其事的早餐店，马路、汽车
低头走路的人们和头颅上三月的柳枝
总得大喊一声呀，总得让突如其来，然而
永远如影随形的悲伤有个通道

总得让无助者攥紧十指，让泪水爬出来
总得大喊一声，忍不住，就再喊一声

[医院里的谜语]

"不行了，不行了，她不行了……"
声音静止，像呼吸机的镜面，然后低泣、哭喊……

"可能还有一个下午的时间……"
亲友们依次排队告别，难以猜测病重者的神智和心态

"活过来了，抢救过来了，谢谢医生，谢天谢地……"
喜悦最恰当的表达是泪水的诗学

"坚持治疗，不管以后独对寒夜，还是……"
"我知道妈妈……"他再次学习走路，左脚踩在右脚上

我们都有隐疾、伤痛……
可是你看，20床还是那么美，阳光在偷描她的神色……

"请清理床头柜上的鲜花，整个原野好像来到了病房！

可是，先让这些药粒上场，让静脉等待新一轮点滴……"

各种形态的精灵堆叠着无穷无尽的谜语
请您在明亮和浊重交缠的空气中选出答案

过古楠白鹭地（外一首）

涂拥

多么有幸，一粒鸟粪
像热乎乎生命，落向了我头顶
顺着高大桢楠往上看
一粒鸟粪也是一朵白云
它在飞，它的重量
远远超过羽毛
重重击中林中徘徊的肉体

多么不幸，三步之内
我又看到了张开翅膀的白鹭
伸长脖子伏在了地上
此时无风，却听到树林
沙沙作响
替代了白鹭最后的哀叫

古树沧桑，白鹭不断新生
此处生与死
相隔不到十米，而我们
只是当作了风景

[楼顶上有一个人]

楼顶上有一个人
拿着手机看天空
也有可能拍鸟儿
我把头望成了直角
也没看出蓝天动静
而他更像一只鸟
在不停转动
其实没看清他手里东西
只是站在那么高的地方
都被别人看成鸟了
即使不鸣叫几声
也应该顺手捋几把光影
当他放下双手
把手机对准大地时
我希望他能发现
此时也有人在看他

深秋书（三首）

孙梧

[昆曲调]

水袖起，灯花落。字字玑珠的吴侬软语
一唱三叹
诉说着江南的情思
颦笑顾盼，皆是世间离愁
曲笛、笙箫、琵琶，皆是过往云烟

谁摆下舞台，让我沉迷于昆曲之中？
谁又用缠绵的唱调，袅娜的舞姿，吸引了我？

白纸上的山水，委婉起伏，荡漾着

沧海桑田
曲水流觞,像一场雨润物无声
而人世氤氲在静谧的温暖里

曲在梦中。戏在舞台。好似烟雨蒙蒙
合拢的命运

徐徐吹来的清风,拂去尘土
我叩击着节拍,听仙女与凡人的故旧
生、旦、净、末、丑纷纷出场
变换着不同的生活与角色,仿佛每个细节
都有我的影子

[墙上的斑点]

刀疤。墙体的移动与夕阳
影子穿过村庄的躯体,敲响土地的门
两朵菊花,一汪清水

我们曾在炭火里相遇,抵达过经霜的叶脉
斑鸠的底鸣,像背影
我入夜,石墙避让。你出山
往白处归。菊花成墙上的痕

剩一只眼睛,玻璃一样尚有碎片
盯住我们经历过的旧事,紧紧不放

[鹤鸣于野]

背负一身的碎羽,舞在水岸边
我从泥草中起身
来自不同村野、来自黄河岸边、太行山下
至于养尊处优的鹤大夫、鹤将军、鹤夫人
我拒绝它们,像拒绝贫穷的夕阳

鹤鸣传四野,四野是树木、麦田、村庄和旧

寺庙
是痉挛的大地,掩盖着舞台的布景
和月光一样,雪的每一次战栗成舞曲
长嘴、脖颈、翅膀和细腿
演绎出黑白的画面,展露出燃烧的火焰

舞台之上,一次次更换着面孔
演绎出诗经、汉赋元曲、唐诗宋词与弯弓射大雕
只有水墨泼洒时,我才变回人形
继续浪迹天涯,带一根稻草回家

邛 辞(组诗)

王国平

[司马相如说]

见皇帝,带一篇大赋就够了
见父母,带一个小名就够了
见朋友,带一壶老酒就够了

而见临邛,必须在大醉之后
必须趁风还在长安的街上打盹
必须趁那些飞禽走兽
还在上林苑的枝叶间隐伏
然后带着所有词语成群结队而去

王吉家前来引路的下人呵
你虽然比蚂蚁走得快了那么一点点
却比我的绿绮还要慢上三分
你有没有想过,假如晚了半步
谁能帮着月亮去敲隔壁的门

那一晚，我歌唱的声音很大
却只有一条路能听见
天色很暗，渔船上的黑灯与瞎火
被逐渐泛青的天色悄悄照亮
有个叫卓文君的烈性女子
和她家里堆积如山的铁器一样
正在忧伤的泪水中欢喜地锈掉

只有四匹马拉的大车
才装得下我的理想和抱负
只有临邛的十里春风
才托得起我铺天盖地的思念
只有卓家院子的月光
才读得懂我的唇语和琴声

哦，对不起
那些又诚实又轻佻的小秘密
我用大袖拢着，谁也不说

[在花楸山看茶树发芽]

春天大摇大摆地上山
就像一位中第的士子般傲娇
它用一只手指点千山万壑的绿
而用另一只手
写一路溃不成军的诗

那些凸凹不平的韵脚
落在山下便成了树
落在山腰就成了茶
而落在山巅的，则成了赶路的雨水
一滴水指引着一江水狂奔
就像一棵茶树率领着一万棵茶树漫游

被时光摩挲的杯子空空荡荡
只有铺天盖地的香气
荡开又合拢，犹如路边的那些花

呵，那些献给春天的诗
被路过的桐花风一吹，就到了人间

[看文春平造酒]

如果一定要寻找源头
那么就请在一缕酒香里
顺流而下或逆流而上
把那些持未涉水而行的人
都拦下来，问一问南河、绌江的流向
问一问一捧粮食与一滴酒
怎样在一掬水里滴血认亲
怎样在川字的掌纹中
化平凡为神奇
化五谷为美酒

[在邛窑读诗]

当嵇康、阮籍、山涛们还在玄谈时
一群人已经开始在邛崃写诗

他们把诗写在水中，鱼便游进了缸里
他们把诗写在风中，花便绽放在瓶里
他们把诗写在土中，丰收便盛满了大碗小碗
他们把诗写在火中，茶便在壶里悄悄芬芳
他们把诗写在路上，啊，那些赶路的人
一遍又一遍地清理邛杖和蜀布
然后把春天一一交给了褐、绿、黑……

在邛崃，我不敢轻易下笔
我必须在深夜，怀抱一团泥巴
安静地等一炉火，静得就像一滴水
落在月亮上，静得就像一片瓷的光芒
被岁月的绸布一丝一丝地擦亮

书院民宿即景（外一首）

吴维

重檐翘角，菜园盆景，雕花窗
此间漫步吟诵，我有一个梦
倚门回望，春深处
只有你，只是你

耕云楼，颐品阁，大篆小楷
群贤毕至，一首诗接着一首诗
雨歇云散沉璧微曳，你脸上的微笑
比初霁的阳光还要温暖和明亮

[老街所见]

时长无日月，闲来弄花草
老人端起茶杯，随手将浮沫
撇进花台，他语气平和笑容温和
繁茂的花草，焕发了老街生气
安抚了寂静岁月

红砖青瓦，月亮门，篱笆墙
上街，下街，十八梯，旧壁画
四面青山云雾缭绕，一条石板路
循环往复，一口老井四四方方
青石洗衣板仍有流水潺潺

三仙洞，坛子石，从小院天井
抬头望去，旧模样还是那么清晰
邻里都是老人儿，庭前雏燕
羽翼未丰，跌跌撞撞飞出了旧巢

老人摩挲着春笋，一些旧时光
随着笋壳的剥落，露出端倪

古戏台咿咿呀呀，老街
以没脚的花径，迎来
又一个春天

甘 南（外一首）

沙冒智化

甘南是草原的脸庞
雨水到来时
你要有容得下大海的能量

热气沸腾的锅里
是否有一颗星星给你们指路
躲开拥挤的方式

烦躁，焦虑，恐慌
当作你满山的花朵
供养给你身上的美

夏河，玛曲，故乡
你们洒落在每一座山里
你们居住在我心里

甘南是高原的故乡
痛苦到来时
你要有容忍时间的慈悲

[陷阱]

死亡对死亡不会有任何牵连
快乐对快乐不会有任何相似

我困住我的双眼躲避着自己
我走后我要把爱寄托给天空

日子说给日子没有时间的事儿
心情说给心情没有风浪

我不要去燃烧痛苦的味道
我不要去乞讨自我的冲动

让要坐在太阳上
让要坐在我眼里

山居（外一首）

游天杰

我爱那破碎的天穹和云
和起舞的光
落日
和黄昏的山峦

我爱那种晶莹剔透的蓝
发亮的湖水
蘑菇、雏菊……
满天星

[读博尔赫斯]

有一种崇高的黑渍散成群星
有一缕偶然的光审判我所需之词
在宇宙的某个角落，徘徊，仰望
天光的甬道，迷恋于一种伟大的倾听
一种坚硬而壮丽的存在

落日的余晖中，恬淡幽暗的花园
你合上的书本有一种梦境的回声
落入空荡的街道，在布宜诺斯艾利斯的黄昏
我的思绪开始漫步，灵魂
敞开在一处盛满月光和玫瑰的风景

这深邃的夜，我懂得神秘是永生的
通过点金术，时间的废墟，镜子
从另一面虚构着来世。这位头发花白的老人
我看见他孜孜不倦地重写过去的著作
夜阑里，挂钟的叹息打破这寂静

而历史，层层的黑圈，慢慢下沉
如微暗的烛光落在地板上，并不泯灭
冗长乏味的岁月，蜘蛛用丝网称量着睡眠
编织出匪夷所思的迷宫，结束了又开始
最后，老人闭上眼睛，什么也看不见①
终结之处，是另一种开始

①：博尔赫斯（1899-1986），阿根廷诗人。因晚年失明，他在一首诗中苦涩地写道："他以如此妙的讽刺／同时给了我书籍和失明……"

野花开了（外一首）

草川人

它们在田间地头盛开
它们在草原上集结，它们用
各种颜色迎接蜜蜂嗡嗡嗡的演唱会

它们从山坡上一路开下来

它们用光举起春天，仿若祝福
与赞美。它们开在
一个人心事里，黄一阵，红一阵

它们开在邵家沟
那十八座废弃房屋的瓦缝中
一排接一排，白得整整齐齐，浩浩荡荡
它们庄严肃穆
它们在开一场盛大的悼念

[野棉花赋]

马耳坪不高，四十分钟就能登顶
半山腰上的梯田，已不长庄稼，只长野棉花
风吹九月，那些雪起起伏伏，从远处遥望
马耳坪有半截子坐在白云上

在 C6657 次车上（外一首）

戴长伸

铁路线一侧是无边的绿色
树木，花簇，叫不上名字的草
一直蔓延向遥远的未知

撞进我眼睛里，铺天盖地
我心里也有铺天盖地的万只小兽
在即将到达的大邑
有我即将久别重逢的你

[秋天的原野]
——兼致利敏

那是只有家乡的秋天才有的原野
空旷、萧瑟，一言不发
玉米秆无边无际铺向蔚蓝的高远天空

那是回不去的游子才配拥有的低落——
小小的代楼，也是赵楼、孙楼
伐倒的干树一端在池塘显出侧影
一端像谁曾经的不屈，指向苍穹

无处翻耕锄头锈迹斑驳
那是风
是午夜的梦掠过心间

纸 歌（三首）

廖志理

[桃花源记]

在这里，万山岑寂
而流水的诵念
却从未断绝

陶令的一句吟哦
黄花
应声而开

一只蜜蜂
春天隐于桃红
秋天又托生于菊

仿佛不是季节的更替
而是从青春
进入垂暮

这长长的山谷
被风吹开
又悄悄地收拢

让我,一个迷路的人
在阳光下走失
又在星空中归来……

[落 日]

挨近对面山巅时
脚步明显慢了下来

拖着一天的火烧云
似有不舍

像放学归来的孩子
背着书包

贪恋门前的流水
不肯迈进家门

去路苍茫
必有恍惚

世事未曾圆满
群山终有缺口……

[纸 歌]

从这里滑下去
这片悬崖,一滴惊叫的墨水

一滴墨水,跌落我
噩梦陡峭的黑暗

需要多少白天,需要多少场雪
需要这一无所有的窗口
来覆盖,来眺望
这乌云般的战栗

纸上的风,岁月的风
驱赶来的大雾
不是羔羊,是虚无
一阵隔一阵的迷惘

一片月亮,可以铺开余生的沧桑
可以让我,一个书生
百代的书生,来品尝
这悬崖与雪,这世间的凉薄……

不描述爱情时(外一首)

云垛垛

我只描述一支笔直的灯管
它的影子在垂直的光线下

共折叠起五次
风来了——

其他的事物在动

而在爱你时——

爱很重,你很轻

你是承受不了重量的云

[雨 水]

雨水第三天，雨仍下
适时的出现及隐藏

是什么安静了下来——
让雨珠恰好排成了四粒

风不来，也听不见鸟鸣
只有水珠儿——

快乐地悬挂些时候
每个花骨朵上都是

刚好，且不缺憾
我甚至在众多中

只看见了——
其间皎然的一粒

闪电点灯（组诗）
阮化文

[闪电点灯]

当闪电照亮大地
雨水明白了该主要下到哪里

[雷霆响起]

当雷霆震怒
好人想起做过的坏事
坏人想起做过的好事

[吊脚楼]

每每想到它们
如何一步一步被逼到悬崖边上
就有一脚悬空的人生感同

[每一种芒，都不能亡]

来到芒种，来到第九个节令
有芒的事物必须播种！
这是时令的指令
麦芒，锋芒，光芒
每一种芒，都不能亡！
这是一年的分水岭
有芒的事物就有一寸土壤

[朝天门，真天下第一门]

我无数次进出朝天门
有时回故乡
有时回异乡
真天下第一门啊
它从未吱嘎一声

劳动的人最美（外一首）

阮洁

烈日下攫取视线最多的
是大规模的玉米林
风吹过，就荡起绿色的波浪
在小厂村，这是目前长势最饱满的
作物了。头戴遮阳帽的农妇
正穿梭其间，像是在
浴着火挥洒金色的豆子
在遵从季节的规律
促使一种事物脱离另一种事物
将一种甜剥离另一种甜
她们在做着年年都重复着的
那么自然而然的事
偶尔会卑微地躲闪投去的注视
多么遗憾，从来没有谁告诉过她们
劳动的人，最美。我也没有
我只是一个远远路过的人

[大 溪]

把身体交给时间的人
都入睡了
只有我和司机醒着

后退的风景，被时速碾成破碎的
影像。我的眼睛只来得及
装下灰的天，远的山

一千里程的尾部，是蜿蜒的山路
酉水过于安静，像这群
浅睡眠的人，正在缓缓醒来

他们刚聊到大溪
聊到湿地公园
漫天的雨点，沙沙沙就落下来

我注意到，两侧的翠竹
这些朴实的原住民，相继弯腰
并发出绿色的欢呼声

飞驰的星（外一首）

黄勇

时间的铁轨压弯生活的寂寥
飞鸟穿过日出与日落
黑夜的尽头
醉倒秋天的一粒种子
另一种表达方式
寻找你在我身边的过往

那个叫菜园的村子
日子白得让人发狂
干瘦的溪水相互推搡向前
阶砌下秋日的落叶斑驳
我试图握住一片枯黄
一切虚伪和懦弱都是假象
一颗星在夜空飞驰
生命会在这里慢下来吗？

[一盏明灯]

寂静的黑夜里

世界的尽头在灯火下彷徨
时间的流沙中
隐藏着我们一世的孤独
一片枯叶用力呼吸
在诗里等待一盏明灯
把灵魂涂成一幅画

被一双眼睛拉长的夜
是那么的空寂
不知名的小草在等待
不会说话的狼在唱歌
村庄在黑暗中长出一棵树
一切的梦想让秋风吹散
人间很短，黑夜也长
留一双眼睛找寻自己

穿透身体的河流
何志平

踌躇在桃花喑哑的人间四月
俯身收拾内心翻腾的低语

穿透身体的河流
一条是清江，一条叫明水

与头顶的时节双重呼应
祈愿万事如昨

乡 念
杨乐

小时候
总想翻过那座山
越过那道岭
跨过那条河
去看看远方的世界

后来呀
爬了许多座山
走了很远的路
看了外面的风景

才发现
在每一个行经的地方
都只不过是在想你
山的那边是远方
彼岸的尽头是故乡

我知道
我愿意抬头仰望的
还是同一座山
深恋的
还是同一条河
想念的
还是同一个人

在高空飞翔（外一首）

亚 楠

我总是看见一些云，它们
在高空疾速地奔跑
可有时它们却并不想挪动。它们只是
看见了自己的快乐童年
那一截
影子在奔跑

假如能换一个角度看，我就不会
在你清澈的目光里
看见忧伤了
但现在，仍有一丝微光
正穿过落叶空阔而悠远的脚步声
默默地为大地祈祷

我相信那些时间剔除的部分
都仍然活着
在漫漫长夜里，他们依旧还在
振翅高飞

[草木寂静]

在蜿蜒曲折中，我似乎听见了
一只蝴蝶
从花瓣里啜饮夜露的欢喜
云彩静止不动
那晶莹剔透的美让我不由自主地
想起了你
想起从前那个寂静的夜晚
我们都是画中人

如果此时你看见了美
就继续往前走吧
要相信你眼中的我正在远处看着你
看一朵云正缓慢地把爱意
释放出来

而美是不朽的
那些沉默的草木、鹧鸪鸟
从来都不会迷失自己
这是因为
他们一开始就知道
在这走马灯一般喧嚣的尘世
唯沉默是金

春 燕（外一首）

其 然

细雨在杜撰的柳丝的装饰下，满大街
穿梭的是快递和送餐小哥的身影
滑湿的天空，留下太多无奈的翅膀
有力，无力都要快速地穿行在雨幕中
春天只是一个季节，春天
并不都是百花竞开，觅食、筑巢、哺育
忙碌的剪影，划破的不单只是雨丝
一撮春泥，一根稻草，一段树枝
全部都是生活的骨架，每一次起飞
都有眼巴巴的期待，每一趟回巢
也不都是欢欣，滴答的雨水
与咕噜的鸣叫，在同一处抖落
成为了被檐阶下雨点灌醉的绮梦

[守 拙]

像醮满墨汁的毛笔
每一划,都在自己的土地上
不需要枯笔,饱满的风
可以把整个竹海鼓动起来
竹枝起伏跌宕,笔腹
坚定地行走在横平竖直的执念中
粗壮有力的笔画,每一次
都酣畅淋漓地固守在童年
瓦檐下的雨滴声,保持
不曾更改古风

青川木牍(外一首)

邓德舜

在广元遇见青川木牍,恍如遇见
一位熊猫仙人,大智若愚坐在战国一楠木窗外
为左丞相甘茂守夜
随行史官虽有一双妙手,但太惜墨
只写121字,字字都是小精灵
坚守于木牍两千年,伺机
揭秘苴蜀巴国消亡和修改《田律》的原因
左为贡税,右为税赋
浅出深入,像天书迷人
径直把我往篆隶衍变的道法里引
告诉我,除了典籍
什么是历史之外不朽的部分

[两晋十六国的经纬]

两晋的棋盘经纬粗糙
棋手们都不在状态
不清楚对手是别人还是自己
盘盘推演下来都是小而散的格局
君王说不见有长治久安之策的高手
高手说不见深谋远虑的君王
问题出在神,还是人?
156年的命运史,归纳为一个乱字
虽有太康之治却是昙花一现
哪里经得起八王之乱和永嘉之乱
同室操戈,仿佛十六只斗兽割据山头
烽火连天岁月,频繁演绎着
战乱、更迭、兴亡、逃亡等词汇草成的苦难剧本
南飞雁俯瞰天下,疑问
难民大迁移是不是风景
乱糟糟的田租户调竭泽而渔
管你耕种了几亩地都按50亩缴纳
不讲道理的赋税,让写书人都不想多费笔墨
而徭役更是凄惨艰难
书圣王羲之为民请命
用《兰亭序》的笔法气势提醒浮云流水惊鸿和游龙
役繁赋重,"虽秦政之弊,未至于此……"
可无人听他呐喊,只有称病弃官
还好,逸少能够全身而退归隐乡里
或许是因为伟大书法的庇佑

国际视野

Cao Tang

S·斯蒂芬妮的诗

(叶提/译)

S·斯蒂芬妮

S·斯蒂芬妮（S. Stephanie）的诗歌、小说和书评刊登于诸多文学杂志，如《伯明翰诗歌评论》《咖啡评论》《停止》《奶牛》《三叶草与蜜蜂》《头脑中的洞》《爱荷华评论》《一》《响声》《圣彼得堡评论》《南印第安纳评论》《南方评论》《太阳》《第三海岸》和《海龟岛》。她的诗歌小辑《喉咙》(Throat) 和《新闻如是说》(What the News Seemed to Say) 由伊格尼斯出版社分别于 2001 年和 2015 年出版。她近年的散文、诗歌将刊登于《梦幻流行》《汉密尔顿·斯通评论》和她正在筹备两本诗歌选集。已出版三本诗集。她毕业于佛蒙特艺术学院艺术硕士专业，长期担任大学和社区学校诗歌及写作教师。目前，她任教于新英格兰学院艺术与设计学院，现居新罕布什尔州罗林斯福德镇。

[新闻如是说]

如此轻易地，我们失去，
而我们失去的竟是如此之多：

消失在口袋中的钱包，
消失在路旁的车，女人

和她的孩子——被一同从角落里拽出
就像拽下晾晒的衣物。

正如新闻主播所说，我们的
情绪总是崩溃于数不胜数的愤怒：驾驶的

愤怒，虐待的愤怒，袭击老板的愤怒；
怒火挤成乌压压的云，堵塞着

美国的街道与动脉。

那肥硕的云迅速弥漫，拢聚

直至侵入天空。终于，
它找到了倾盆而下的场所。灵魂

飘荡犹如被风掠走的廉价雨伞，
黑色的气球愈升愈高，

希望也随之变得稀薄，另一端
没有人会再注意他们。

而雨林与海豚也易逝如
墨镜和长筒雨靴。走失的

狗无法再嗅起他们回家的路。
被淹没的家，烧毁的相片

那些无时无刻不在遗失的婚戒
那些困在衰弱的神经

和失效的法律背后的记忆。
内华达州却有人认为

他们可以获得拯救，
天知道他们究竟

想拯救什么。至少
我不理解。今天，

我花了一整个上午帮助一名
阿尔兹海默症患者回想她丈夫的

姓名。她说错了，却义无反顾。
她说得无比响亮。那顽石般的

声音卡在了她手推车的底部。

仿佛她在战前所走的路突然间

中断。如今，横亘在
他们之间的路已然无法通行。

[邻间清晨]

那只猫所满怀期待的
是食物还是这首诗的成熟
我们无从得知。清晨
他像算卦般把自己抛到我面前。
如果他背对着我，耷拉着耳朵
我就知道不必继续写作。某些
不受我控制的力量已经在夜晚
默默操纵了一切。昨夜的
雷雨可能已将辞典淹没。
闪电可能已将天空撕开了个
口子，在众多坠落之物中
谁能看清哪怕一件事物？
比如，我以为我是我邻居的孤独，
那些落在我耳畔的无休止的八卦，但
我可能错了。上天可能在她那些关于
停错的车和意外怀孕的故事中
已经偷偷埋下了线索。
也许是只有猫才能弄明白的线索，
比如我们的玫瑰花的死因。
粉红丰腴的花朵，它的芬芳曾四溢于
去年盛夏，如今却如一柄灰暗修长的利器
刺入春天。每次经过它时，
我都会愧疚于没有将其紧紧裹住
在凛冬攫去我们的弱点之前。
当然，也可能是雨水在夜晚稍稍
将事物移动了几分，所以一切看起来
不那么对劲。白天总有一些
失衡，仿佛我们正在试图适应某种
新的规则，某种我们总是遗忘的法则。

邻居和我每天早上似乎都会跟跄地
走出家门去上班，眨着眼睛，
试图找寻昨日确切的足迹。
我们以为只要我们例行常规，任意一种常规，
这个安静的小街区就会继续保持
透明。一座如宙斯脚长般大小的中心
不会无故光临我们的后院。在我们熟睡时，
也不会有一份火般激情而残忍的礼物
摆在我们的床头。是的，
我们似乎都知道这是怎么一回事。
这种仔细观察我们的猫与狗的能力。
这种遏制冲动的能力，从不偷偷溜进一个夜晚
测量草叶间的距离。
我们善良且满足；我们从不手舞足蹈地祈雨。
我们知道雨水终会到来。
我们相互挥手点头，并接受
黑夜降落在我们门前的一切。
我们中的多数人都会在经过窗前时，
避开彼此的视线。
就像如果我和我的丈夫在午后悄悄
挖去我们死去的玫瑰，多数人
也会礼貌地
转过头去。

[在罗莎餐厅与朋友共进晚餐之后]
（致彼得·基德）

今晚市区交通并不繁忙，空旷的街道
似乎在不自觉地等待着事物的
涌现或天气的骤变。在昏暗的
砖块和琥珀色街灯之间
一本书伫立在商店的橱窗
封面上有一艘半沉的船
疲倦地拖着另外一半。
我们的对话搁浅在
驶离广场的最后一班巴士

开往波士顿的车上空无一人。
我想起我们就灵魂讨论了很久，
仿佛是我们亲眼所见，
仿佛它正活生生地立在我们跟前。
每个人看待事物的角度都不同。
我的朋友，一个来自乡下的园艺师
看到他的灵魂在世上独自行走，
散发着令他满意的孤独；
他的灵魂犹如一头专注的熊，
在报春花和鹿角苏木中悠然自得。
我羡慕他，他充实的愿景，支撑他生活的
强韧的心。也许我在城市中呆了太久
我的灵魂竟变成如此
"罗莎餐厅"，红色的霓虹灯闪烁
如同霍普画中的招牌。而我们则像
那些荒凉的人群自我审视。无论我们的
视线落在何处，我们的视野都会中止于
窗户的边缘，模糊的镜子，光秃的墙壁。
那个在"铁路边的旅馆"里读书的女人
看起来像我的母亲，她的玫瑰色的丝袜
如同落日的余晖，但和她在一起的男人
却在凝视着那些纵横的，阻隔了梦境的风景
但这幅画创作于1952年。我母亲的婚姻
在那之前就早已结束。我生于1951年，
那时霍普还在画着那些"海边的房间"
我希望我可以生于那空旷。
那些宽敞的房间空无一物，只有
一扇通往大海的门。
海面上没有鲸鱼或船只，没有太阳，
但不知何故反射着一道纯净的绿光。
在这样的海里，人们可以看到任何东西。
人们可以尽情地阅读，
或是在这样的房间酣然入梦。
但现在是晚上七点，到了我朋友
离开的时候了。他今晚在林业中心
有一个关于建造石墙和砖砌走道的讲座。

我们决定加入他的行列，我对他的开场白
会心一笑：在我们建造任何事物之前，
我们需要问自己的第一件事是水。
它源自何处，又通往何处？
是水流构成了一切景观。

朱莉娅·温德尔的诗

（陈晓园 / 译）

朱莉娅·温德尔

朱莉娅·温德尔（Julia Wendell）的第六部诗集《坠落的艺术》（*The Art of Falling*）于2022年由未来诗歌出版社（*Future Cycle*）出版。她的另一部诗集《和女儿的日子》（*Daughter Days*）将于2025年由自荐出版社（*Unsolicited*）出版。朱莉娅的诗作经常刊登于《美国诗歌评论》《密苏里评论》《草原帆船》和《西马仑评论》等杂志。她是伽利略出版社的创始主编。现居南卡罗来纳州艾肯市，是一名马术三项骑手。

[月桂树]

我是清晨枝丫蔓延的烛台，
夜的华丽吊灯。
微风拂过
我伸出无数的手臂
让发丝和骨头摇曳。
天裂了缝
嘎吱一声，雨水倾盆
一段旅程的起点
也是归途
我呼吸万物
吐纳英华

无人知晓
我的痛苦，静止的岁月
叶脉从树心延展
思绪疯长
堆积。苦恼着
无法冲破
这庸常的天空

一个画架占据了
褐色山坡，
借了那日清晨，
蘸了笔墨
等待一个图景
勾勒我的真相

一群鸟飞来
栖息在我那松香味包裹的
家，当夜晚
徐徐降临，允我
飞扬
随春日回暖

但，此刻
让风和我合力敲出
我的名字
划过三月泛白的天空
我用密码在清晨
寻觅契机，以度余生

注：希腊神语中"达佛涅（Daphne）"，本意是月桂树，或无法得到回应的爱。据传，她曾发誓像狩猎女神阿耳忒弥斯一样永葆童真，但苦于阿波罗的追求，无奈求助众神后被变成了一株月桂树。

[离 婚]

从公路望去，那里腾起一股浓烟
顺着烟雾，我们来到一所小学
这里围满了母亲和儿子
我们站在外围，祈祷
似乎否认眼前的一切
就能扑灭
冲天火焰，又好似期待着某样
熟悉的物件——
一个笔盒或文件夹——会从火里
蹦出来，安慰自己
一切都会好转

我们看着浓烟吞噬火焰
弥漫一月坚硬的天空。
约翰在我身旁，默默无言
当我们转身离去，屋顶塌陷
空留四方石墙。
拖着脚步，我们往汽车走去，
他用一个十岁男孩的智慧说，"瞧，
我就知道会发生这样的事"——接下来
几周，他重复着这句话，带着虔诚
带着多年来沉默的讶异。他的话

验证了。那晚，他坐在那读书
壁炉的烈火燃烧，他注视着
父亲，没有眼泪
当这个与自己样貌相似的男人从书架最上层，
拿下行李
抱了抱他的儿子
删除他在惠勒街的所有过往
旋即转身、离去，
儿子越过男人的肩头，
只是瞥了我一眼。

理查德·马丁的诗

（王园/译）

理查德·马丁

理查德·马丁（Richard Martin）最新的诗集和短篇小说有《章节与诗句》（Chapter & Verse）（斯普顿—杜维尔出版社，2021）、《未知的仪式》(Ceremony of the Unknown)（斯普顿—杜维尔出版社，2020）、《反物质的战栗》（Goosebumps of Antimatter）（斯普顿—杜维尔出版社，2018）和《基因库里的小丑》(Buffoons in the Gene Pool)（紫墨 / 一击联合出版，2016）。他还著有诗歌合集《白色四部曲》（White Quartet），即《苦役》(Hard Labor)、《宇宙沙盒》（Cosmic Sandbox）（2019）、《瞄准伊卡洛斯》（Sighting Icarus）（2020）和《流浪归来》（Hobo Return）（2021），均由伊格尼斯出版社出版。他的作品也曾收录于诗文选集《放声说：来自新波多黎各诗人咖啡馆的声音》(Aloud: Voices from the Nuyorican Café) 和《美国诗人向二十世纪说再见》（American Poets Say Goodbye to the 20th Century），并刊登于美国、欧洲和澳大利亚的文学杂志。他曾获得美国国家艺术基金会诗歌文学奖学金，创办了"大恐怖诗歌系列"（纽约宾汉姆顿，1983-1996），曾任波士顿公立学校校长。现居波士顿。

[桨]

那里，虚无的浪，
时间空缺，
于所思，无所思。

曾经有些什么，在前，
旦夕之间，片桨亦无。

[宇宙沙盒]

我熄灭了光。

星星浮现，
它们冶游嬉戏。

和它们一起，
冶游嬉戏。
感官开启，
万物似乎有了意义，

所有的地图都显示
我已到达
目的地。

[美丽话语的否定]

1

假如，这首诗
一如我们最初想象的

　是
对曾经无处容身的
丑恶之辞的
宽容

　话语将抵达
无欲无求无物之境
唯有肌肤上
缀着
疣
瘩

措手不及
还没有准备好
与时空相处

凝视
时光深处的镜子
顿时眼盲

　　一只手，放在心上
数着疼痛的节拍
和悲伤

2

落雪时候
伫立，以柳树的形状

接受事实
接受多变性
接受伪装和争论

掌握幻影
远古母亲们所言说的神话故事的幻影

借由她们舒展开的双腿
诞生了
光和空气

3

时间是会呼吸的
像鱼在海水中

假如
我们被置于和谐的尽头
或会

重生

所有的念头

升起来
依次，从孩提，到暮年

由内
至外
由始
至终
在
或
不在

[下一个声音]
——致莫林·欧文

如果你聆听
太阳，月亮
次第落入水中的声音

你也许会想起那沙哑的
灰色夜晚的错号
星星之间的对话
以及母亲抓到你被烧伤时的抱怨
就像圣经中
一根火柴划亮黑暗
街道看起来像一大堆揉皱的报纸

公共汽车发出嘟嘟声
站在门廊上的人有着夺目的纹身
要50美分的女人
再问一下，会不会与历史一起闪烁

心灵知道什么是假话
而深呼吸啊
这是对隐喻和速度的愤怒

拖沓的思之闸，

早上好，终于
我受够了主题，硬币被扔到空中

正面
反面
你先走
你最后来

这就是众议院的做法
我在敲着我听到的鼓声
我在听着遥远他方的东西
就像围绕着行星的空间

等待下一个声音

我正从未来的斜坡上滚下来
为了遇见你，
我的吊床荡漾着甜蜜的音节

理查德·布莱文斯的诗

（王园/译）

理查德·布莱文斯

理查德·洛厄尔·布莱文斯（Richard Lowell Blevins），1950年，布莱文斯出生于俄亥俄州沃兹沃思市，在母校匹兹堡大学任教三十五年，现为该校英语文学荣誉教授。他就读肯特州立大学时，师从罗伯特·邓肯，初尝诗歌与想象力的无穷魅力，继而跟随爱德华·多恩浸润于美国西部文学。布莱文斯曾荣获卓越教师奖，编著《查尔斯·奥尔森与罗伯特·克利里通信集》(Charles Olson—Robert Creeley: The Complete Correspondence)。他的著作还包括：诗集《三天四夜：一段历史罗曼史》（伊格尼斯出版社 Igneus Press，1992）、诗集《组诗的艺术》（斯普顿—杜维尔出版社，Spuyten Duyvil，2017）、四部散文诗小说合集《智慧过人》（斯普顿—杜维尔出版社，2022）。

[何为时间]

时间是——
历史的机器奏鸣曲轰然惊吓了
这匹小马驹之前，
是砾石冰川隆起之前，
是冰川消失、留下水坝之前。

密西西比河永远笔直，
朝着北极
奔流不息。

一切皆透明。
你可以看到，
沉淀在最下面的大沙溪。

上密苏里的风就是我的线。
就快要发现了——
我自己。
它们握手言和，
仿佛在讲述，
一个关于黄狼的故事，
蜿蜒的河，它四次穿过
克雷格和卡斯卡德之间的
高速公路

注：黄狼（Yellow wolf），是1877年内兹佩尔塞战争的幸存者，且能够一定地使用英语，通过和历史学家卢库克·麦克霍特的交谈，形成《黄狼——他自己的故事》一书，以其原住民的个人视角讲

述了这场战争,因此黄狼被认为是该战争的编年史家。内兹佩尔塞人是居住在北美洲的印第安人的一支。

克雷格,蒙大拿洲西南部的一个小镇。

[在麦尔维尔的墓地]

一个凡人,
他曾背负生存的热望,
他曾迷恋真理的芬芳,
他曾以此行走在爱中——

切割池台的手套,破损

她张开他
已冰冷的眼眸,
凝视着再不会开的花。
光亮的石头下

他的手
无迹可寻。

[你修补了残损的笑容]
（于康涅狄格州斯托尔斯）

《奥尔森手册》在你书架上,
像一个拳击手,被击败在角落。
你的办公室,他的书房。
两扇门,没有窗,
当你起身离开,
我轻轻抱起《白鲸》,翻开,
奥尔森的版本,如和血吞下的断牙。
你回来了,你说打字机坏了,漏掉了一个字,

或两个。
我忘了,瞬息之间,
好像你的回来,
是为了填补他留下的可怕空白。

注:《奥尔森手册》,查尔斯·奥尔森是黑山学派的一位重要诗人。

[草原梦见了草]
——致哈特·克莱恩

据弥尔顿的阅读建议,
十七世纪占据了我的位置。
而你,恰好不然,
你似乎保持着降生时刻的从容睡眠。

美国人的经验就是从多恩往上看。
从那里,沿着密西西比河,进入密苏里州。

前面是三天的旅途,
忧郁,如擦伤的树:
他静静地坐在车站的时钟下,
指针如轮,循环,消散于虚无。

村庄里,无神论者在等待,
那空无一物的时间消失之所,
恐惧涌上来,
占据每一个梦。

彼得·基德的诗

（陈晓园 / 译）

彼得·基德

彼得·基德（Peter Kidd），1947年出生于伊利诺伊州斯普林菲尔德市，四岁时移居新罕布什尔州。1963年，由于父亲升迁，全家搬到康涅狄格州新迦南镇，离纽约不远。他曾就读于哥伦比亚大学，之后从纽约布鲁克林出发，乘坐南斯拉夫的货船抵达摩洛哥丹吉尔市并在那里度过了三年。期间他与英国历史学家、神秘学家特雷弗·拉文斯克罗夫特一起写作。彼得写过小说、评论、戏剧以及诗歌。即将出版的三本小说：《乌鸦》《摩洛哥圣杯》和《曼彻斯特谋杀案》。另外亦即将面世的两部大型诗集《人之处境》和《破门而入》致敬旧金山诗人鲍勃·考夫曼。他于1990年创办了伊格尼斯出版社，迄今已出版大约50部诗歌和戏剧著作。

[季节的解剖]

秋冬之交
最本质的
是骨头，是脊干

树的隐秘
是被吃剩的
鱼骨

地面
是无酵饼的
硬壳

不久
虹鳟
将跃出河面。

注：无酵饼，又称圣餐饼（unleavened bread），指把未发酵的面团擀薄，在上面扎小孔，烤或煎着吃。这种食物在犹太人的逾越节里经常出现，用来纪念摩西带领犹太人离开埃及。

[我正在进行心脏手术]

上帝操刀
天使环绕
四周
我躺在手术等候室的
钢制推车上
头戴麻醉面罩
没有预约

另一个房间
手术医生们
磨刀霍霍
牙齿露出寒光

此刻
真希望我
从来不是
西方人。

注：西方人，原文中用"希腊"比喻西方文明，诗人崇尚东方文化和饮食，认为西方餐桌上的高热量食物导致身体受损，不得不进行手术。

P·J·拉斯卡的诗

王园 / 译

P·J·拉斯卡

P·J·拉斯卡（P. J. Laska），诗人、评论家和翻译家。他的首部著作《华盛顿特区影像和其他诗歌》(*D.C. Images and Other Poem*) 既入围美国国家图书奖。新诗集《黑夜与白昼》(*Night and Day*)、《美国的早晨：漫长十年的诗情画意》(*Morning in America: A Poetic Assemblage from the Long Decade*) 已由伊格尼斯出版社出版，其遗作对话集《阿巴拉契亚的八月》(*Appalachian August*) 也交由伊格尼斯出版社编辑，即将面世。他还翻译了中国国学经典《道德经》，名为《道德经的原始智慧》(*The Original Wisdom of the Dao De Jing*)。

[露天矿场]

这里
每年此时
地面湿滑
石头脆裂
设备故障
成本
飙升

[扭 曲]

如何
把梦缝进
没有尽头的
一天
难啊

只有用
赤裸的灵魂
引诱

我们都是寄养儿童
生活在
自身窘境造就的家庭。

[奥斯卡·王尔德知道的事]

世界不过是
想象的
浓缩
怪诞异常
正是理想之境

[煎 茶]

来自中国的手工捻揉的叶，
映入眼的绿，
沁润在齿干舌燥间。
它们舒展，旋转，沉没。
直到杯底。

就像地球上所有旋转的东西一样，
它们沉没。
人们知或不知，
有形或无形。
空气中并没有幽灵漂浮。
并没有
给活着的人的安慰，或惊扰。

地球是一个十分好的憩所。
在无核的星系里，
何不说，下是上的归处？

威廉·凯米特的诗

（陈晓园/译）

威廉·凯米特

威廉·凯米特（William Kemmett），生于马萨诸塞州的波士顿。曾在美国、加拿大、澳大利亚、泰国和印度的许多诗歌杂志和学术刊物发表作品，如：《美国佬》(Yankee Magazine)、《西马隆评论》(Cimarron Review)、《天意》(Defined Providence)、《澳大利亚诗歌》(Poetry Australia)、《东方诗歌》(Poetry East)、《滴水兽》(Gargoyle)、《印度母亲》(Mother India)、《西雅图评论》(Seattle Review)、《卡利俄佩》(Calliope)、《咖啡评论》(The Café Review)、《爱荷华信息》(Iowa Source)、《当代评论》(The Contemporary Review)、《塔》(The Tower Journal)和《轻松》(Hanging Loose)。曾获2015年普什卡特奖（Pushcart Prize）提名，荣获马萨诸塞州艺术家基金会和新英格兰诗歌俱乐部的奖项，并两次获得《美国佬》杂志颁发的诗歌奖。在伊格尼斯出版社（Igneus Press）出版了多本著作，如：《新月的皮肤》《心之洞》《金纹闪电》。

[聚集]

零碎的我
慢慢拼凑。我的衣衫
露出棉绒，毛絮飘落
入尘。光线
流转。房间折叠着
空气。我正在吃
一盘蘑菇
衡量着
数年之后的时光

[寻根]

铁路和父亲的
浓咖啡把你喂养长大
如今喝不惯咖啡机冲调的
寡淡味道

你剃须、刷牙；按压
体重秤，
有些东西
总有重量。你钻进
那辆1984年产的奥兹莫比尔轿车，
惊讶地发现
它居然能正常启动。这车熟悉
你的喜好，载着你前往
曾逃离的
城市

但这座城市是你失去的舌头。
你寻找的工作是一门
被遗弃的语言。渴望
总让我们踏上迷途。

如果犹疑，别离开
当这里夜幕降临，
戴墨镜的人
会聚集在你那辆破车所在的
停车场，这里是你的人生
如今
你可能再也无法逃离
因为
你已忘了如何俯身
贴耳，聆听信号

那昭示着
即将发生的一切

注：奥兹莫比尔轿车，美国老牌的中档轿车品牌，现已停产。

[石头的信仰]

洞穴倾听夜晚
用它黑色的耳朵
水滴回响着
空灵的节奏

岩石的内心消弭
一瞬，一次一次，
更深，更高，直至
太阳穿透被侵蚀的墙。

刺眼的天空下
阴影深处
蝙蝠把它们颠倒的学问
用梦织入石中。

山峦觉醒
石头的内心
接受了命运：
感知风雨。

这山
即真相

[越过西方]

意念的风铃
逆着迷雾
响起。对风来说过于精致了——
却捕获最晶莹的露珠
像一张网，挡在小小的
鸟巢入口。美妙的
领悟之乐：蝶的铃音
湖面层层的涟漪
寺院锣声的瞬息
召唤日出前的祈祷
安抚着远方，在别处
回荡

诗人档案

刘立云的诗

◎ 刘立云

LIU LI YUN

【作者简介】刘立云，1954年于江西省井冈山市。出版诗集《红色沼泽》《黑罂粟》《向天堂的蝴蝶》《烤蓝》《生命中最美的部分》《眼睛里有毒》《大地上万物皆有信使》《金盔》《刘立云诗选》；长篇纪实小说《瞳人》，长篇纪实文学《血满弓刀》《莫斯科落日》；散文集《凤凰来仪》等20余部。曾获《萌芽》《诗刊》《人民文学》《十月》年度优秀作品奖、闻一多诗歌奖、全军文学新作品特殊贡献奖；中国人民解放军图书奖。诗集《烤蓝》获第五届鲁迅文学奖。

·代表作·

[向天堂的蝴蝶]
——题同名舞蹈

今夜我注定难眠！今夜有
十七只蝴蝶，从我窗前飞过
就像十七朵云彩飞向高空
十七片雪花飘临大地；十七只蝴蝶
掀动十七双白色的翅膀，就像
十七孔的排箫，吹奏月光

十七只蝴蝶来自同一只蝴蝶
美得惊心动魂，美得只剩下美
十七只蝴蝶翩翩飞舞，携带着
谁的哀愁？谁的恩怨？谁的道别
和祈祷？十七只蝴蝶翩翩飞舞
就像十七张名片，递向天堂

音乐的茧被一阵风抽动，再
抽动，丝丝缕缕，让人感到些许疼痛
谁的心就这样被十七只蝴蝶
侵蚀？并被它们掏空？牵引出

一千年的笙歌，一千年的桃花
与一千年的尘土血肉相连！

十七只蝴蝶出自同一腔血液
同一簇石中的火焰，那噼噼啪啪
燃烧着的声音，是谁在大笑？
死亡中开出的花朵，是最凄美的
花朵啊，它让一切表白失去重量
更让我汗颜，再不敢旧事重提

啊，今夜我注定难眠！注定
要承受十七只蝴蝶的打击和摧残
可惜太晚了，已经来不及了
今夜十七只蝴蝶从我窗前飞过
我敲着我的骨头说：带我归去吧
明天，我要怨回一生的爱情

[在秋风楼读秋风辞]

我说，快脱去你那件飘摇的龙袍吧
现在我要让你一步越过这条大河

再次回到这座临水的木楼上
站两千年，想两千年
看眼前的秋风怎样磨亮它的刀子

黄河依旧汹涌；依旧衔一轮高天的白日
在箫鼓中流，在棹歌中流
河那边的兰啊，河这边的菊啊
你们纤纤的身子细细的腰
此刻又在草木中枯黄，在白霜中凋落

而那些美人也总那样如鲠在喉
总那样比芦苇还茂盛，比桃花还灿烂
但说尽缠绵，她们那十粒
比芦根还白的小脚趾，却踉踉跄跄
经得起秋风的几次砍伐？

哦，在这样的夜晚，谁还在西望长安？
谁还在马踏飞燕？谁又继续在一壶浊酒里
醉生梦死？而你说：人啊，人啊
你站起来是一片江山，躺下去是一堆黄土
唯有青草爱你爱得最疯狂……

[听某老将军回顾十四年抗战]

他们用比我们提前一百年的钢铁打我们
又用比我们退化一百年的
野蛮、凶悍和残暴
杀我们。他们训练有素，精通操典
和武士道，枪法百步穿杨
如果落入绝境，不惜刎颈、切腹、吞剑

他们是一条大象粗重的腿，提在半空
而我们是一群溃穴的蚂蚁，四处奔逃

只有熬！只有在血泊里熬，在刀刃上熬
只有藏进山里熬，钻进青纱帐里
熬。只有把城市熬成废墟
把田野熬成焦土，把黄花姑娘熬成寡妇

只有在五十个甚至一百个胆小的
人中，熬出一个胆大的
不要命的。只有把不要命的送去打仗
熬成一个个烈士。只有像熬汤那样熬
熬药那样熬；或者像炼丹
炼铁、炼金、炼接骨术和不老术
只有熬到死，只有死去一次才不惧死
只有熬到大象不再是大象
蚂蚁不再是蚂蚁
只有熬到他们日薄西山，我们方兴未艾

只有把一座大海熬成一锅盐，一粒盐……

· 新作 ·

[辛追]

他们像剥香蕉那样剥着辛追
像剥笋那样剥着辛追
他们剥开两千年层层叠叠的泥土
剥开深埋在黄土里的
石拱，棺椁，沉重的乌木棺材
又剥去她身上裹着的
丝绸和麻
和融进她肤色的月光和朝露

脸色还那么鲜嫩，眼睛甚至
还眨着，毛茸茸地觑着
突然星月般崩溃而来和倾泻而来的光
它静得掀不动她眼里的
涟漪，湖里再也盛不下一滴雨

她的另一个名字叫见光死
那些两千年仍活着的丝绸
仍活着的麻，活着的编织及编织在
丝绸和麻上的
红牡丹、白芍药、绿孔雀

栩栩如生的藤蔓和叶片上的螵虫
露水。它们活过两千年后
在一瞬间燃烧
冰冷的火焰里，蝴蝶在颤抖

他们在辛追胸前拉出叫秦和汉的
两只抽屉，疯狂翻找
王的飞扬跋扈，臣的奴颜婢膝
女人们的华服和雍容
那该是秦五年，戍边的蒙恬正长出獠牙
一剥再剥的辛追
一丝不挂，坐在丹墀上嘎嘎大笑

到后来含情脉脉的辛追，仍然是指弹
可破的辛追；也是咳嗽的辛追
中毒的辛追，五十岁到来一病不起
当她再一次死去，再一次
她不需要任何理由，也不需要解药

[我们和水]

妹妹从小河里打回来一桶水
父亲像睡熟了那样躺在那里
他在变小
现在父亲是一个听话的孩子

村前小河里的水总那么忙碌
它们洁身自好，从容不迫
每天潺潺地流淌
到了冬天才腾出手来
揽镜自照。而冬天的水是有脾气的
它们窸窸窣窣地流
一路流淌
一路磨着身体里携带的刀子

河里的水对我们保持警惕
它们有足够的能力自卫
但水也有水的烦恼

譬如，水总是把我们洗干净
却总把自己洗黑，洗脏

我们什么时候能与水达成和解
父亲躺在那里
现在只有他知道

[只此青绿]

我弄不明白，是什么化身印绶
从此长青又长绿……

是宋人的青绿，也是唐人
汉人，和秦人的青绿
风吹过来
层层叠叠的峰峦，峰峦上的树木
从天空雨点般落下的鸟
和峰峦下静若处子的
江河，以及那些小小的在江河上
泛舟饮酒的古人
身子一齐往后仰，然后
又轻轻地弹了回来

咿呀青绿！你是让人陶醉的
青绿；是莽莽苍苍
"不废江河万古流"的青绿

人都活在青绿里
它可以让你在十八岁成为一夜昙花
它也可以让你在十八岁
默默死去
从此，名垂千古

对着这片青绿
你可以喊醒十八岁的王希孟

诗歌喷涌的日子（随笔）

刘立云

那年我21岁，连队从南昌调防到这座城市独立西面的山区梅岭，守护一个秘密工程。秘密工程建在梅岭脚下一个被漫山遍野的竹林簇拥着的一个山窝里。南方多雨且潮湿，森严的玻璃门上挂着锈迹斑斑的大锁。每个月省里的大宾馆都会派出两个女服务员来打扫卫生，开窗通风。部队上级规定，连队战士不能跟这两个女服务员接触。两个女服务员也有组织纪律，不允许跟我们这些大头兵说话。双方在路上相遇，不打招呼，通常相互点点头，皮笑肉不笑。

连队驻在另一个山窝里。三个排与连部住两幢条状营房，炊事班和饭堂布置在低处的另一排营房里，中间隔着操场同时也是篮球场。每个班住两个房间，我分配住的那个房间比另一个房间大一些。与别的房间不同的是，从我住着的那个房间往里走，有一个锁着的水房。挺看得起我的排长让我把水房的锁撬开，打开门一看，里面乱七八糟地堆着竹扫把、水桶和标语牌等杂物，散发出一股重重的霉味。排长眼睛一亮，命令几个兵把水房打扫出来，换了把新锁，然后把钥匙交给我，说怎么样？做你的写作间？我喜出望外，说太好了，首长太英明了！谁见过一个小战士能单独拥有一个写作间？排长笑眯眯的，一副领情就好、这里的事情我做主的样子。我接着问，是不是连队晚上熄灯了，我可以不熄灯，待在里面继续写？排长说，这我不管，只要你不弄出什么动静来妨碍大家休息，就没事。我说好，夜里外面有多静，我就有多静。然后关上门，把一块标语牌翻过来，压在水池上当桌子，从此夜夜藏在里面读诗和写诗。

我所在的七五炮连属省军区独立团,纯粹的地方部队,担负后来转为武警的内卫警戒任务。虽然守护一座秘密工程,但这座工程如今停止了它的秘密使命,我们维持现状就可以了。周围几里没有老百姓,每个星期除了团部来送给养和司务长去山外小镇采购猪肉和蔬菜,我们跟外面没有任何来往,这里是个世外桃源。因此,我们除了那个年代不多的操枪操炮和队列训练,政治学习,就是种菜、砍柴、去竹林里捡笋壳,自己动手改善伙食。来自山东、河南内陆和福建海边的战友最怵砍柴,砍好柴也不会捆,每次上山洋相百出,迟迟不归;而这个活对我这个从井冈山出来当兵的人来说,小菜一碟,通常上午上山,不出半天便满载而归。这么早回来干什么?还是写诗。

这是1972年冬天我当兵的第三年,穿着那身军装,在省城待过,在县城驻过,在山里也扎过;兵当久了,也当油了,到了在新兵面前摆老资格的阶段。我还被团政治处借去过几次,当相当受欢迎的报道员。团里担负省委、省政府、省监狱、省重点保密单位、重点大桥、仓库等目标的警戒任务,我到所有连队都采访过,认识机关的团首长,视野比连长指导员还宽阔,因而被连队的干部战士高看一眼。再就是,在这三年中,我读遍了1972年复刊的《解放军文艺》上刊登的军旅诗,对还在县里读高中就隐约知道的军旅诗人和他们的作品,老的如李瑛、白桦、公刘、张永枚,年轻一点的如雷抒雁、韩作荣、徐刚,熟悉得如数家珍。三年后,我自认为可以向军旅诗坛发起冲锋了。另一个情况是,那时部队重视新闻报道,赞赏在各种报刊杂志上显山露水,能上《解放军报》更是皆大欢喜,奔走相告;每年大军区、省军区和团里都要进行上稿评比,发表作品多的还会立功授奖和提干。让人欣慰的是,新闻报道的评比是以篇来计算的,发表东西越多,立功授奖和提干越会榜上有名。更有甚者,诗歌、散文、小说、摄影、插图、读者来信,都在一视同仁的统计中,这使我与老兵李和老兵戴仿照上海的"石一歌",在连队自发组成的"钟长鸣"三人写作组,年年在团里夺取新闻报道先进单位,回到连里大受器重。再说,我们三人不仅能为连队夺回荣誉,帮助连队宣扬好人好事,还能写政治课讲稿、大批判文章,最风光的一次在军区《前线报》发了整整一大版,正因为这样,写诗写小说也写得理直气壮。

大半年的日子,在那个由废弃水房改成的简陋写作间里,我点灯熬油,夙兴夜寐,把我熟悉的部队生活,我烂熟于胸的故乡井冈山经过革命战争洗礼的一草一木,还有我置身这支军队与当年的红军所构成的传承,三管齐下,通过一个个火热的瞬间,一个个让我刻骨铭心的故事,一次次神采飞扬的联想,用当时流行的那种每节四行七字的民歌体,写成一首首诗。我一口气写了几十首,整个人在那些日子热血澎湃,思绪万千,耿耿难眠,就像打开一个缺口,脑子里有无数的东西往外涌。写下这批诗,我敝帚自珍,用复写纸复写三份,一份拆开来分别寄给我当时所在的福州军区文化部内部期刊《前锋文艺》和省市报刊,一份作为作业交给主持连队"钟长鸣"三人组的老兵李,一份寄给北京《人民日报》文艺版编辑徐刚。我公开发表在《江西文艺》的第一首诗《军向井冈山》,就是从这卷诗里选出来的。而部队和地方那么多编辑和诗人,我为什么偏偏把整卷诗寄给徐刚?是因为我在老家读书时就注意到了他发表的作品,那时他作为北京大学的工农兵学员正在我们江西鄱阳湖分校半耕半读。他的一首名为《草棚夜读》的诗,忘记发表在什么报刊,虽然只有四句,但我过目能诵。我此生写的歌颂井冈山的第一首诗《会师广场春雷动》,就是仿照这首诗创作的。当然,老实说,我也有去《人民日报》撞撞运气的小心思,万一他们能看上一二呢?

这年的十月,省军区组织农村工作队,深入江西进贤农村开展党的基本路线教育,我作为干部苗子被选拔为工作队队员。在这期间,发生了一件与我留下的那卷诗有关却备感遗憾的事:解放初以《人民军队忠于党》《战马奔驰保边疆》两首歌词闻名,后来因长诗《西沙之战》而家喻户晓的部队著名诗人张永枚,从北京来庐山疗养院疗养,路过南昌时住在省军区招待所,由省军区文化处李处长负责接待;他对文化处长提出见见部队业余诗人,听听基层作者对诗歌的意见。李处长马上通知我们团"钟长鸣"三人组去省军区招待所接受接见。可惜那个时候通讯落后,电话无法打到我驻队的那个小村庄,让我与心里崇敬的大诗人失之交臂。受到张永枚接见的老兵李和老兵戴事后告诉我,他们带去了我留下的那卷诗,张永枚当场边看边评点。记得最清楚的是,他指着一首我瞎编的反映部队野营拉练、师长背着两脚打满血泡的战士继续行军的诗说:"'战士泪洒师长肩',这一句好,有浓郁的生活气息。"

十几年后,我作为《解放军文艺》的诗歌编辑去广州军区约稿,特意敲开了我尊敬的前辈诗人张永枚家的门。当我对从国家文化部回到军区创作室工作的张永枚前辈说起当年的这件憾事,他爽朗地笑了,说,这就叫山不转水转,有缘千里来相会,几十年兜兜转转,我们不是见面了嘛!又过去十几年,有一次,我和老诗人徐刚同时被《人民文学》邀请去辽宁锦州红海滩采风,我对徐刚前辈说起几十年前我如何仿照他的《草棚夜读》写出我的第一首诗,徐刚前辈说,是吗?你不是给我编故事吧?我说,怎么会编故事呢?当年你那首诗可能连你自己都忘记了,但我记得,不信我背给你听:"滚滚涛声急,点点渔火红。翻开红宝书,页页风雷动。"徐老师哈哈大笑,说幽默幽默,特殊年代发生的事,休要再提了。

老照片

诗人档案 _ Cao Tang

1，1978年，考入江西大学哲学系。
2，2006年，访问越南人民军出版社，在湄公河。
3，1988年，在河北平山西北坡。
4，1987年，在老山猫耳洞，冲锋枪压满了子弹。
5，1988年，陪同部队作家参观洛阳昭乐台。
6，1986年，随成都军区司令员傅全有将军巡视西藏边防，与军区空军某黑鹰机组合影。

1，2003年，与叶延滨、张同吾、李小雨等参加朱增泉中将组织的军地诗人"楼兰行"。
2，2016年，漠河举办的"青春诗会"，与李琦、李元胜一起被聘为指导老师。
3，2004年，与军旅诗前辈李瑛在山西合影。
4，2012年，与李琦共赴以色列加利利出席"尼桑"国际诗歌节，与诗歌节发起者、海法大学赛义姆教授合影。

子美逸风

陈志成诗选

◎ 陈志成

[癸卯孟春即日]

一别芦花久不知,东风迢递怅来迟。
欲倾还立影尤乱,将折犹连音更悲。
万里生涯多契阔,无边节物正披离。
清霜未散金乌落,自向寒郊问酒卮。

[长沙贾谊故居]

楚路高歌胜选楼,云文常驻木林幽。
空教年少存长策,终恨青春托首丘。
神鬼自宜宣室席,蓬蒿岂是佩兰俦。
一从屈子沉江后,更有谁人与近鸥。

[宁远古城]

红夷四面固金汤,胡马难逾黯自伤。
飞将空教亡鞑首,降龙未惜毁城墙。
能无词客中庭近,剩有牙旗绝塞飏。
此日偶然经故垒,萧萧槐影更苍凉。

[寻访不遇]

白石窗扉自隐幽,箫台独望月如钩。
铢衣迢递三千界,玉影依稀十二楼。
座散余香飘细柳,琴横流水想修眸。
拍肩未识洪崖律,动问文鳞底处游。

[壬寅立冬遣怀]

金风每爱上层楼,朔气横来更忆秋。
三载情怀归旧梦,一天霜色入新愁。
依稀寒雁云中断,潋滟平波目下休。
几度灵台收拾过,南山亦有采薪忧。

李永康诗选

◎ 李永康

[白鹭鸶]

或立或飞皆是景,
一生洁白孰相知?
欲询第宅在何处,
没入烟霞费梦思。

[金马河吟]

春夏秋冬步履工,
马蹄声脆意相通。
岷江寒水从温暖,
醉在无边画卷中。

注：金马河系岷江水系，温江得名有"江水至此始温"。

[江安河吟]

一道长流用意深,
声声低语为幽寻。
鱼凫故地堪神往,
水暖江安润古今。

[见温江鱼凫城遗址碑]

落叶怜碑梦一场,
鱼凫又见草枯黄。
数排杂树立成调,
紧抱泥沙护土墙。

[冬过泸沽湖]

山山相拥醉湖边,
不见寒云水带烟。
我欲驻留长作客,
草鸣风过笑人癫。

孟大川诗选

◎ 孟大川

[万源烟霞山]

日入云烟处,红霞染半天。
幽林藏禅语,石塔谒覃仙。
院落民风古,花香紫气旋。
登梯沿驿道,渴饮故乡泉。

[巴山大峡谷]

欲觅巴山美,应来一线天。
羡鱼溪缝跃,喜果石边悬。
瀑瘦如银发,人多似涌泉。
一泓澄碧水,好写美山川。

[游华清宫]

临潼烟雨写迷茫,人蚁如潮觅大唐。
汩汩温泉流轶事,芸芸看客戏宫堂。
渔阳鼙鼓私情尽,夕殿孤灯帝位凉。
美女江山皆未守,唯留闲阁笑君王。

[雪域高原吟]

折多曲上入西川,雪域高原有圣仙。
扯朵白云披白岭,植身青草染青天。
扎西纵马英雄慕,卓玛含情日月鲜。
银水金山藏秀丽,深闺处子半遮颜。